# 일필휘지

## 대입 논술 연구소

# 2022학년도 대입 대비
# 가천대 약술형 논술 모의고사

# ✏️ 가천대학교 논술고사 안내

| 특징 | 가천대학교는 2022학년도 대입부터 적성고사 전형을 폐지하고 논술고사 전형을 도입합니다. 새롭게 시작하는 가천대학교 논술고사는 가천대학교에 지원한 수험생들이 고등학교 교육과정의 내용과 수준을 충실히 이수하여, 대학 교육에 필요한 수학능력을 갖췄는지를 평가합니다. 그러므로 평소 학교 교육과 대학수학능력시험을 충실하게 준비한 학생이라면 별도의 준비가 없어도 가천대학교 논술 전형에 합격할 수 있을 것입니다. |
|---|---|
| 지원자격 | 고교 졸업(예정)자 또는 법령에 따라 이와 같은 수준 이상의 학력이 있다고 인정되는 사람 |
| 출제방향 | 학생들의 수험 준비 부담 완화를 위하여 EBS 수능 연계 교재를 중심으로 고등학교 정기고사 서술·논술형 문항 난이도로 출제할 예정입니다. |

**평가방법**

| 계열 | 문항수 국어 | 문항수 수학 | 배점 | 고사시간 | 총점 | 답안지 |
|---|---|---|---|---|---|---|
| 인문 | 9 | 6 | 각 문항10점 | 80분 | 150+450(기본점수) | 노트형식 |
| 자연 | 6 | 9 | | | | |

**출제범위**

| 구분 | 출제 범위 |
|---|---|
| 국어 | 1학년 국어/ 문학, 독서, 화법, 작문, 문법 영역 |
| 수학 | 수학 Ⅰ, 수학 Ⅱ |

**평가기준**

| 구분 | 평가 기준 |
|---|---|
| 국어 | 문항에서 요구하는 조건에 충실한 답변<br>제시문의 핵심 내용을 정확하게 표현한 답변 |
| 수학 | 문제에 필요한 개념과 원리에 대한 서술<br>정확한 용어, 기호를 사용한 표현 |

**수능최저 학력기준**

| 모집단위 | 반영 영역 | 최저학력기준 |
|---|---|---|
| 전체 | 국어, 수학, 영어, 사회/과학(1과목) | 1개 영역 3등급 이내 |

**학교생활 기록부 반영방법**

| 구분 | 반영 교과 | 반영과목 | 반영비율 |
|---|---|---|---|
| 인문계열 | 국어·수학·영어·사회 | 상위등급 3과목 | 점수가 높은 순으로 35%, 25%, 25%, 15% |
| 자연계열 | 국어·수학·영어·과학 | | |
| 자유전공학부 | 국어·수학·영어·사회 또는 과학 | | |

**등급별 배점**

| 등급 | 1등급 | 2등급 | 3등급 | 4등급 | 5등급 | 6등급 | 7등급 | 8등급 | 9등급 |
|---|---|---|---|---|---|---|---|---|---|
| 배점 | 100 | 98.75 | 97.50 | 96.25 | 95.00 | 93.75 | 82.50 | 70.00 | 60.00 |

# ✎ 가천대학교 논술 전형 모집인원 총 919명

| 계열 | 모집단위 | 인원 |
|---|---|---|
| 인문 | 경영학부 | 82 |
| 자연 | 금융수학과 | 12 |
| 인문 | 미디어커뮤니케이션학과 | 14 |
| | 관광경영학과 | 12 |
| | 경제학과 | 28 |
| | 의료경영과 | 13 |
| | 응용통계학과 | 14 |
| | 사회복지학과 | 10 |
| | 유아교육과 | 14 |
| | 심리학과 | 11 |
| | 한국어문학과 | 12 |
| | 영미어문학과 | 13 |
| | 동양어문학과 | 25 |
| | 유럽어문학과 | 16 |
| 자연 | 법학과 | 22 |
| | 경찰행정학과 | 10 |
| | 행정학과 | 12 |
| | 패션디자인전공 | 8 |
| | 자유전공학부 | 16 |
| | 도시계획·조경학부 | 20 |
| | 건축학부 | 26 |
| | 설비·소방공학과 | 18 |
| | 화공생명공학과 | 21 |
| | 기계공학전공 | 20 |
| | 산업공학전공 | 15 |
| | 스마트팩토리전공 | 15 |
| | 토목환경공학과 | 14 |
| | 신소재공학과 | 15 |
| | 식품생명공학과 | 15 |
| | 식품영양학과 | 13 |
| | 바이오나노학과 | 15 |
| | 생명과학과 | 14 |
| | 물리학과 | 13 |
| | 화학과 | 13 |

| | | |
|---|---|---|
| | 소프트웨어전공 | 20 |
| | 인공지능전공 | 35 |
| | 컴퓨터공학전공 | 40 |
| | 스마트보안전공 | 15 |
| | 전자공학전공 | 28 |
| | 차세대반도체전공 | 15 |
| | 전기공학과 | 21 |
| | 스마트시티융합학과 | 15 |
| | 의공학과 | 12 |
| | 간호학과 | 81 |
| | 치위생과 | 10 |
| | 응급구조학과 | 6 |
| | 방사선학과 | 10 |
| | 물리치료학과 | 10 |
| | 운동재활학과 | 10 |
| 계 | | 919 |

## ✎ 가천대학교 논술전형 학생생활기록부 반영방법

| 1학년 | 2학년 | 3학년 1학기 |
|---|---|---|
| 100%(학년별 가중치 없음) | | |
| 요소별<br>반영비율 | 논술 전형 교과 100% | |

## ✎ 일필휘지(약술형 논술고사 정보, 모의고사 제공, 각종 이벤트)

| | |
|---|---|
| 『일필휘지』는 다양한 매체(블로그, 카페, 페이스북, 인스타그램, 유튜브)를 활용하여, 2022학년도 대입 정보 및 약술형 논술고사에 관한 정보를 제공하고, 학교별 논술고사 모의고사와 공략법을 제공하는 등 다양한 이벤트를 진행하고 있습니다. | |
| **Naver**<br>**블로그** | 가천대 약술형 논술(일필휘지)<br>https://blog.naver.com/susie500 |
| **Daum**<br>**카페** | 가천대 약술형 논술(일필휘지)<br>https://cafe.daum.net/gachongogo |

## 일필휘지 인문계열

## 일필휘지 자연계열

# 일필휘지

# 인문계열

국어 9문항

수학 6문항

2022학년도 대입 논술 전형

# 약술형 논술고사

성명 :

수험번호 :

지원학과 :

소속 고등학교 :

## 【답안 작성 시 유의사항】

· 시험 시간은 80분입니다.

· 휴대폰, 전자계산기 등의 전자기기는 소지할 수 없습니다.

· 성명, 수험번호, 지원학과, 소속 고등학교명을 반드시 기입하십시오.

· 답안 작성은 답안지에 연필 또는 검은색 펜으로 명확하게 작성하십시오.

· 시험이 종료될 때까지 퇴실할 수 없습니다.

# 가천대 논술 모의고사 1회 [인문계열]

## ※ 다음 글을 읽고 물음에 답하시오.

종교에 관한 연구의 초기에는 종교의 역사적, 유형적 측면들에 대한 연구가 대부분이었지만, 관련 연구에 점차적으로 사회학 이론이 도입되면서 종교 조직에 대한 연구가 진행되기 시작했다. 특히 1960년대와 1970년대에는 당시 사회학계를 풍미하던 파슨스의 기능 이론이 종교 연구에 도입되었다. 파슨스는 모든 사회 조직이 유지되기 위해서는 기능적 필수 요건이 충족되어야 한다고 주장하였는데, 이러한 파슨스의 이론이 일종의 사회 조직인 종교 조직을 연구하는 데 그대로 적용되었다.

파슨스는 모든 사회 조직이 유기체와 같은 사회 속에서 유지되려면 적응, 목표 달성, 통합, 잠재성의 네 가지 기능적 필수 요건이 충족되어야 한다고 주장했다. 먼저 '적응'은 사회 조직이 그것을 둘러싼 사회적 환경에 적응하기 위해 외부로부터 인적, 물적 자원이 지속적으로 조달되어 조직 내에서 적절히 쓰일 수 있어야 한다는 것이다. 다음으로 '목표 달성'은 사회 조직이 조직 내의 공통 목표를 설정하고 다양한 자원을 동원해 정해진 목표를 달성하는 것을 의미한다. 또 '통합'은 사회 조직 내의 각 체계가 잘 통제되고 안정된 일관성을 유지해야 한다는 것을 의미한다. 즉 사회 조직 내 구성원이 내적으로 형성된 제도나 질서를 깨뜨리지 말아야 한다는 것이다. 마지막으로 '잠재성'은 사회 조직 내의 고유한 문화적 가치를 조직 구성원들에게 동기화하고 이를 지속적으로 유지해 가는 것을 의미한다.

이러한 파슨스의 기능적 필수 요건을 종교 조직의 분석에 적용하면 다음과 같다. 우선 적응은 종교 조직에서 주로 신도 모집으로 이해될 수 있다. 종교 조직이 유지되기 위해서는 우선적으로 조직을 구성하는 인적 자원의 조달이 가장 필수적이기 때문이다. 따라서 종교 조직은 비신자들에게 가치 있는 삶, 즉 목표를 제시하고 그들이 종교 조직에 참여하도록 하는 선교 활동을 할 필요가 있다. 특히 현대에는 선교 활동을 위해 종교 조직에서 세속적인 문제를 해결하는 데 도움이 되는 요소를 개발하고 이와 관련한 구체적인 방법을 마련하기 위해 노력하기도 한다.

다음으로 목표 달성은 종교 조직에서 흔히 신도 교육과 훈련의 과정으로 이해된다. 종교 조직은 종교적 신념과 목표를 신도들에게 강조하고 이를 실현하기 위해 교리* 교육과 기도 훈련, 전도 훈련 등을 실시하고 있다. 종교 조직이 오랜 시간 유지되다 보면 본래의 단순했던 종교적 목표가 분화되거나 추가되기도 하는데, 때에 따라서는 이렇게 분화되거나 새롭게 추가된 목표가 본래 목표와 멀어지거나 본래의 목표를 대체하는 목표 전치 현상이 일어나기도 한다. 예컨대 신에 대한 독실한 신앙을 얻고 보람된 삶을 살고자 종교 활동에 참여하였지만 실제로는 종교 외적인 세속적 문제에 휩쓸리는 경우를 떠올려 볼 수 있다. 결국, 종교 조직은 신도들에게 목표 의식을 부단히 강조하고 상황에 따라서는 사회적 문제와 관련한 새로운 목표를 설정하여 신도들을 교육하거나 훈련시킨다는 것이다.

세 번째 통합은 종교 조직에서 주로 적절한 역할 분담으로 나타난다. 즉 상이한 여러 구성원으로 이루어진 종교 조직은 구성원 간에 갈등이 없는 일사불란함이 유지되어야 하므로 신도들 각자의 역할이 명확해야 하고 그 역할들이 일정한 형식으로 정립될 필요가 있다. 종교 조직에서는 역할 분담을 위해 경전편집, 교리화, 제의화 등이 이루어지며 이러한 것들은 종교 조직 내부의 권위 체계에 의해 특정한 직책으로 제도화된다.

끝으로 잠재성은 종교 조직에서 흔히 동기화로 이해된다. 종교 조직은 무엇보다도 제례, 의식, 기도 등을 통한 해당 종교의 창시자나 신에 대한 근본적인 종교 경험을 바탕으로 성립된다. 그리고 그러한 종교 경험이 새롭게 해석되거나 현실에서 다시 체험될 수 있는 기회가 지속적으로 요청된다. 특히 세속화된 현대 사회에서는 신도들이 일상적 세속 생활과 성스러운 종교 생활을 적절히 조화시키며 살아가도록 하는 다양한 형식이 제기될 수 있다. 일상생활을 과감히 무시하고 영적 생활과 명상 등을 강조할 수도 있고 세속적 일상생활 자체를 성스러움의 표현으로 해석할 수도 있다. 즉 신도들이 종교 조직 안에 존속하는 것을 가능하게 하는 동기 부여가 필수적인 것이다.

이처럼 1970년대 종교 연구에서는, 파슨스의 사회 조직이 유지되기 위한 네 가지 기능적 필수 요건을 종교 조직에 적용하였으며, 이러한 기능적 필수 요건이 종교 조직의 내외부에서 유기적으로 연결되고 원활하게 수행될 때, 종교 조직이 사회 속에서 유지될 수 있다는 견해를 제시하였다.

**1. 윗글에서 종교 조직을 설명하기 위해 무엇을 활용하고 있는지 본문에서 찾아 쓰시오.**

※ 다음 글을 읽고 물음에 답하시오.

> 학생1 : 이번 호 교지를 발간하기까지 시간이 많지 않아서 걱정이야. 어떤 내용을 특집 기사로 다루면 좋을지 같이 이야기해 보자. 사회는 내가 볼게.
>
> 학생2 : 우리 학생들과 직접적인 관련이 있는 학교 급식을 특집 기사로 다루면 어떨까? 학생들의 호응이 좋을 거야.
>
> 학생3 : 학교 급식을 다루는 것은 나쁘지 않다고 생각해. 그런데 저번 호에서도 교내 문제를 다루었으니 이번에는 사회 문제를 다루면 어떨까?
>
> 학생1 : 생각해 놓은 사회 문제가 있니?
>
> 학생3 : 청년 창업에 대해 다루면 어떨까? 요즘에 청년 창업이 사회적으로 화두가 되고 있잖아.
>
> 학생1 : 청년 창업은 청년 실업 문제를 해결할 뿐만 아니라 새로운 일자리를 만들어 낸 다는 점에서 사회적으로 많은 관심을 받고 있고, 또 우리가 곧 청년이 된다는 점에서 특집 기사로 다루기에 좋을 것 같아.
>
> 학생2 : 나도 좋아. 그동안 내가 너무 좁게 생각했던 것 같아. 이제 나도 시야를 좀 더 넓히도록 노력해야겠어. 사실은 청년 창업에 관한 글을 접할 기회가 많았는데, 나 랑은 상관없는 이야기라고 생각하고 있었거든.

2. 윗글을 바탕으로 <보기>의 빈칸을 채우시오.

<보기>

학생2는 친구들과 대화를 하는 과정에서 자신을 성찰하는 반응을 보인다. 이처럼 타 인과의 의사소통은 (          )을 하는 데에 도움을 받을 수 있다.

## ※ 다음 글을 읽고 물음에 답하시오.

제 꿈은 국제 사회의 소외된 지역에서 사회적 약자를 위해 경영을 하는 것입니다. 저는 고등학교에 입학하며 기업의 사회적 책임에 대해 관심을 갖게 되었는데, 학교에서 정치와 경제에 대한 수업을 받으면서 국제 사회로 시야를 넓히게 되었고, 지금은 아프리카에서 경영을 하고 싶다고 생각을 발전시키게 되었습니다. 이러한 꿈을 실현하기 위해 대학생의 해외 창업 지원 제도가 있는 ○○ 대학교의 경영학과에 지원하게 되었습니다.

저는 1학년 때 방과 후 수업으로 '○○의 경제학'을 수강했습니다. 토요일에 하는 수업이었지만 경제학에 대한 기본 지식을 쌓고 싶어 열심히 들었습니다. 저는 특히 시장 실패와 정부 실패에 대한 내용을 인상 깊게 들었는데, 이를 통해 기업의 사회적 책임이 어느 때보다 중요해지고 있다는 생각을 했습니다. 그래서 제가 속해 있는 경영 동아리에서 기업의 사회적 책임에 대해 조사하여 발표하였습니다. 또한 '○○의 경제학'만으로는 제 호기심을 다 채울 수 없어 동아리 내의 경제 이론 스터디 모임에 참여했고, 경제의 기초 이론에 대해 열심히 공부했습니다.

그리고 2학년 때부터 저는 국제 경영에 관심을 갖기 시작했습니다. 꾸준히 경제 신문을 읽으며 NIE 활동을 했는데, 그 과정에서 아프리카의 빈곤 문제를 보다 깊이 있게 탐구할 수 있었습니다. 저는 신문 스크랩을 통해 잘못된 원조와 정부의 부정부패가 빈곤의 원인이라는 것을 확인했고, 이를 증명하기 위해 아프리카 각국의 부패 지수와 GDP의 상관관계를 파악해 보기도 했습니다. 이렇게 아프리카의 빈곤을 탐구하던 저에게 그곳에서 경영을 하고 싶다는 꿈이 생겼습니다. 아프리카의 빈곤 문제 해결에 조금이나마 도움이 되고 싶었기 때문입니다. 그래서 수업 시간에 아프리카의 소비 시장을 분석하기도 하고 최근 아프리카 진출이 활발한 중국 사례를 탐구하여 에세이를 쓰기도 했습니다.

3학년이 되어서는 국제 경제의 흐름에도 관심을 가졌습니다. 특히 미국과 중국의 무역 갈등이 세계적으로 큰 영향을 주었기 때문에, 동아리 시간을 활용하여 무역 분쟁 보고서를 작성했습니다. 또한 경제 수업 시간에 자유 무역에 대해 배우면서 내수 시장이 약한 아프리카에 무역이 필수적이라는 생각이 들었습니다. 그래서 아프리카와 지리적으로 밀접한 중동 지역부터 경제적으로 급부상하고 있는 인도까지, 아프리카에서 생산한 물품들을 판매할 수 있는 시장들을 조사하였고, 관련 책을 탐독하면서 아프리카의 해외 시장 진출 가능성을 살펴보았습니다.

3년간의 수업과 동아리 활동, 그리고 책을 통한 탐구 활동을 통해 저는 경영의 필요성을 분명히 알게 되었습니다. 단순히 경제 현상을 분석하는 것만으로는 사회적 약자들에게 실질적인 도움을 줄 수 없다는 생각이 들었기 때문입니다. 물론 경제학자는 나름대로의 방법으로 사회적 약자들을 지원하겠지만, 저는 직접 제품을 만들어 수출하고 일자리를 만들어 임금을 줌으로써 그들에게 삶의 터전을 만들어 주고 싶다는 생각을 했습니다.

**3. 윗글을 바탕으로 <보기>의 ㉠, ㉡에 들어갈 말을 쓰시오**

---
<보기>

윗글의 지원자는 ( ㉠ ) 표현을 활용하여 예의와 격식을 갖추고, 자신의 꿈을 밝히며 경영학과로의 ( ㉡ )를 드러내고 있다.

---

**※ 다음 <보기>를 읽고 물음에 답하시오.**

---
<보기>

사이시옷은 다음과 같은 조건에서 넣는다.

· 두 단어가 합해져서 하나의 단어가 된 것
· 두 단어 중 하나는 반드시 순우리말
· 원래 없었던 된소리가 나거나 'ㄴ' 소리가 덧나는 경우

[예외] 순우리말이 아닌 한자어와 한자어의 결합으로 이루어진 단어 6개가 있다.

---

**4. 윗글 <보기>에서 제시한 사이시옷의 예외에 해당하는 단어를 쓰시오.**

**※ 다음 글을 읽고 물음에 답하시오.**

(가)

징이 울린다. 막이 내렸다.

오동나무에 전들이 매어 달린 가설무대

구경꾼이 돌아가고 난 텅 빈 운동장

우리는 분이 얼룩진 얼굴로

학교 앞 소줏집에 몰려 술을 마신다

답답하고 고달프게 사는 것이 원통하다

꽹과리를 앞장세워 장거리로 나서면

따라붙어 악을 쓰는 건 쪼무래기들뿐

처녀 애들은 기름집 담벽에 붙어 서서

없이 킬킬대는구나

보름달은 밝아 어떤 녀석은

⊙꺽정이처럼 울부짖고 또 어떤 녀석은

서림이처럼 해해대지만 이까짓

산 구석에 처박혀 발버둥 친들 무엇하랴

비룟값도 안 나오는 농사 따위야

아예 여편네에게나 맡겨 두고

쇠전을 거쳐 도수장 앞에 와 돌 때

우리는 점점 신명이 난다

한 다리를 들고 날라리를 불거나

고갯짓을 하고 어깨를 흔들거나

　　　　　　　　　　　　　　　　　　－신경림, 「농무」


(나)

가시리 가시리잇고 나ᄂᆞᆫ

ᄇᆞ리고 가시리잇고 나ᄂᆞᆫ

위 증즐가 태평성ᄃᆡ(大平盛代)


날러는 엇디 살라 ᄒᆞ고

ᄇᆞ리고 가시리잇고 나ᄂᆞᆫ

위 증즐가 태평성ᄃᆡ(大平盛代)

> 잡ᄉ와 두어리마ᄂᆞᆫ
> 선ᄒᆞ면 아니 올셰라
> 위 증즐가 태평셩ᄃᆡ(大平盛代)
>
> 셜온 님 보내ᄋᆞ노니 나ᄂᆞᆫ
> 가시ᄂᆞᆫ 듯 도셔 오쇼셔 나ᄂᆞᆫ
> 위 증즐가 태평셩ᄃᆡ(大平盛代)
>
> —작자 미상, 「가시리」

5. (가)에서 ㉠을 통해 나타내고자 한 것은 무엇인가?

6. (가)에서 중의적인 표현을 위해 쓰인 시어는 무엇인가.

7. (나)에서 리듬 조성 및 시적 감흥을 북돋는 역할을 하는 것은 무엇인가.

※ 다음 글을 읽고 물음에 답하시오.

(가)

그 뒤로는 원구도 생활에 위협을 느끼기 시작했다. 한 달 가까이나 장마로 놀고 보니 자연 시원치 않은 장사 밑천을 그럭저럭 축내게 된 것이다. 원구가 얻어 있는 방도 지리한 비에 습기로 눅눅해졌다. 벗어 놓은 옷가지며 이부자리에까지도 곰팡이가 끼었다.

그의 마음속에까지 곰팡이가 스는 것 같았다. 이런 날 이런 음산한 방에 처박혀 있자니, 동욱과 동옥의 일이 자연 무겁고 우울하게 떠오르는 것이었다. 점심때가 거진 되어서 원구는 퍼붓는 비를 무릅쓰고 집을 나섰다. 오늘은 동욱이와 마주 앉아 곰팡이 슨 속을 술로 씻어 내리며, 동옥이도 위로해 줘야겠다고 생각하고, 원구는 술과 통조림을을 사들고 찾아갔다. 낡은 목조 건물은 전과 마찬가지로 금방 쓰러질 듯이 빗속에 서 있었다. 유리 없는 창문에는 거적도 그대로 드리워 있었다. 그러나, "동욱이"하고 원구가 불렀을 때, 곰처럼 마루로 기어 나오는 사나이는 동욱이가 아니었다. 이 집에서 살던 젊은 남녀는 어디 갔느냐는 원구의 물음에, 우락부락하게는 생겼으되 맺힌 데가 없이 어딘가 허술해 보이는 사십 전후의 그 사나이는, 아하 당신이 정(丁) 뭐라는 사람이냐고 하고, 대답 대신 혼자 머리를 끄덕끄덕하는 것이었다. 원구가 재차 묻는 말에 사나이는 자기가 이 집 주인이노라 하고 나서, 동욱은 외출한 채 소식 없이 돌아오지 않게 되었고, 그 뒤 동옥 역시 어디로 가 버렸는지 모르겠다는 것이었다. 동욱이가 안 돌아오는지는 열흘이나 되었고, 동옥은 바로 이삼일 전에 나갔다는 것이다. 원구는 더 무슨 말이 없이 서 있었다. 한 손에 보자기 꾸러미를 들고 한 손으로는 우산을 받고 선 채 원구는 사나이의 얼굴만 멍하니 바라보는 것이었다. 원구는 그대로 발길을 돌려 몇 걸음 걸어나가다가 되돌아와 보자기에 싼 물건을 끌러 주인 사나이에게 주었다. 이거 원, 이거 원, 하며 주인 사나이는 대뜸 입이 헤벌어졌다. 그러고는 자기 여편네와 아이들이 장사 나갔기 때문에 점심 한 그릇 대접할 수는 없으나, 좀 올라와 담배라도 피우고 가라고 권하는 것이었다. 무슨 재미로 쉬어 가겠느냐고 하며 원구가 돌아서려니까, 주인은, 잠깐만 하고 불러 세우고 나서, 대단히 죄송하게 되었노라고 하며 사실은 동옥이가 정 누구라고 하는 분이 찾아오면 전해 달라고 편지를 맡기고 갔는데, 그만 간수를 잘못해서 아이들이 찢어 없앴다는 것이다. 그래도 아무 말을 않고 멍청히 서 있는 원구를, 주인 사나이는 무안한 눈길로 바라보며 동옥은 아마 십중팔구 군대에 끌려나갔을 거라고 하고, 동옥은 아이들처럼 어머니를 부르며 가끔 밤중에 울기에 뭐라고 좀 나무랐더니 그다음 날 저녁에 어디론가 나가 버리었다는 것이다. 죽지나 않았을까, 자살을 하든, 굶어 죽든……하고 혼잣말처럼 중얼거리며 돌아서는 원구의 등에다 대고, 중요한 옷가지랑은 꾸려 가지고 간 모양이니 자살할 의사는 없었음이 분명하고, 한편 병신이긴 하지만 얼굴이 고만큼 반반하고서야 어디 가 몸을 판들 굶어 죽기야 하겠느냐고 주인 사나이는 지껄이는 것이었다.

얼굴이 고만큼 반반하고서야 어디 가 몸을 판들 굶어 죽기야 하겠느냐는 말에 이상하게 원구는 정신이 펄쩍 들어, '이놈 네가 동옥을 팔아먹었구나'하고 대들 듯한 격분을 마음속 한구석에 의식하면서도 천 근의 무게로 내리누르는 듯한 육체의 중량을 감당할 수 없어 그는 말없이 발길을 돌이키었다. '이놈, 네가 동옥을 팔아먹었구나'하는 흥분한 소리가 까마득히 먼 곳에서 자기를 향하고 날아오는 것 같은 착각에 오한을 느끼며 원구는 호박 넝쿨 우거진 밭두둑 길을 앓고 난 사람 모양 허전거리는 다리로 걸어 나가는 것이었다.

– 손창섭, 「비 오는 날」

(나)

북곽 선생은 몹시 놀라 뺑소니를 치면서도 남들이 자기를 알아볼까 두려워하였다. 그래서 다리를 들어 목에 걸치고는 귀신처럼 춤추고 귀신처럼 웃더니, 대문을 나서자 줄달음치다가 그만 들판의 구덩이에 빠져 버렸다. 그 속에는 똥이 가득 차 있었다. 구덩이에서 기어 올라와 고개를 내놓고 바라보았더니, 범이 길을 막고 있었다.

범은 얼굴을 찌푸리며 구역질을 하고 코를 막고 고개를 왼쪽으로 돌리며 숨을 내쉬고는 "선비는 구린내가 심하구나!"하였다. 북곽 선생이 머리를 조아리고 기어 와서, 세 번 절하고 무릎을 꿇은 채 고개를 들고는, "범의 덕이야말로 지극하다 하겠사옵니다. 대인은 그 가죽 무늬가 찬란하게 변하는 것을 본받고, 제왕은 그 걸음걸이를 배우며, 사람의 자식은 그 효성을 본받고, 장수는 그 위엄을 취하지요. 명성이 신령스러운 용과 나란히 드높아, 하나는 바람을 일으키고 하나는 구름을 일으키니, 하계에 사는 이 천한 신하는 감히 그 아랫자리에서 모시고자 하옵니다." 하였다. 그러자 범은 이렇게 꾸짖었다.

"가까이 오지 말라! 예전에 듣기를 유(儒)는 유(諛)라더니, 과연 그렇구나. 너는 평소에 천하의 못된 이름을 다 모아 함부로 나에게 갖다 붙이다가, 이제 급하니까 면전에서 아첨을 하니, 장차 누가 너를 신뢰하겠느냐? 무릇 천하의 이치란 한가지다. 범이 실로 악하다면, 사람의 본성도 악할 것이다. 사람의 본성이 선하다면, 범의 본성도 선할 것이다. 네가 하는 수천수만 마디의 말들은 오륜에서 벗어나지 않고, 네가 훈계하거나 권고하는 것도 항상 사강에서 벗어나지 않는다. 그런데도 도읍 일대에 형벌을 받아 코가 베였거나 발이 잘렸거나 얼굴에 자자한 채 다니는 자들은 모두 오륜을 따르지 않은 사람들이다. 죄인을 묶는 굵은 동아줄과 처형할 때 쓰는 도끼나 톱을 날마다 쉴 새 없이 제공해도 저들의 악을 막을 수 없으나, 범의 집안에는 본래 이런 형벌이 없느니라. 이로써 보자면 범의 본성이 어찌 사람보다 낮지 않겠느냐?

－박지원, 「호질(虎叱)」

**8. (가)에서 '비 오는 날'의 기능에 대해 쓰시오**

**9. (나)에서 궁극적으로 말하고자 하는 주제를 쓰시오.**

**10.** $A = \{1, 2, 3\}$, $B = \{2, 3, 4, 5, 6\}$, $C = \{3, 4, 5, 6, 7, 8, 9\}$**에서 각 하나의 원소를** $a, b, c$**라고 가정할 때,** $a + bc$**의 값이 홀수가 되도록 하는 순서쌍** $(a, b, c)$**의 개수를 구하시오.**

**11.** <1, 2, 3, 4>를 중복으로 사용해 만들 수 있는 네 자리 이하의 자연수는 몇 개인가?

**12.** $a$, $x$, $y$가 양의 실수이고 $A = \log_a \dfrac{x^2}{y^3}$, $B = \log_a \dfrac{y^2}{x^3}$ 일 때, $3A + 2B$와 같은 것은?( $a \neq 1$)

**13.** $2007^x = 100$, $0.2007^y = 100$ 일 때, $\dfrac{1}{x} - \dfrac{1}{y}$ 의 값을 구하시오.

**14.** 다항함수 $f(x)$가 $\lim\limits_{x \to \infty} \dfrac{f(x)}{x^3} = 1$, $\lim\limits_{x \to -1} \dfrac{f(x)}{x+1} = 2$ 를 만족시킨다. $f(1) \le 12$일 때, $f(2)$의 최댓값을 구하시오.

**15.** 다음과 같은 함수 $y = f(x)$의 그래프가 있다. $\lim\limits_{x \to 0+} f(x) - \lim\limits_{x \to 1-} f(x)$의 값을 구하시오.

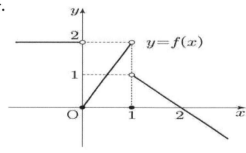

# 1회 가천대 논술 모의고사 정답

| 문항 | 정답 |
|---|---|
| 1 | 파슨스의 기능 이론 |
| 2 | 자아 성장 |
| 3 | ㉠ 높임 표현 ㉡ 지원동기 |
| 4 | 곳간(庫間), 셋방(貰房), 숫자(數字), 찻간(車間), 툇간(退間), 횟수(回數) |
| 5 | 농민들의 적극적인 저항 의지 |
| 6 | 분 |
| 7 | 후렴구(위 증즐가 태평성디) |
| 8 | · 원구가 과거를 회상하는 계기.<br>· 우울하고 음산한 분위기 조성.<br>· 동욱 남매의 비참한 삶 상징.<br>· 원구의 죄의식 상기. |
| 9 | 양반의 위선과 가식에 대한 비판 |
| 10 | 62개 |
| 11 | 340 |
| 12 | $= \log_a \dfrac{1}{y^5}$ |
| 13 | $= \log_{100} 100^2$ |
| 14 | 33 |
| 15 | -2 |

## 【 정답 풀이 】

1. 이 글은 1960년대와 1970년대를 풍미했던 파슨스의 기능 이론을 통해 종교 조직에 관해 설명하고 있다. 파슨스에 따르면, 모든 사회 조직은 적응, 목표 달성, 통합, 잠재성이라는 네 가지 기능적 필수 요건을 충족해야만 유지되는데, 이러한 파슨스의 이론은 종교 조직에도 적용될 수 있다.

2. 학생2는 다른 학생과의 대화를 통해 자신의 생각을 되돌아보고 반성을 하는 자아 성찰을 하고 있다. 이는 대화를 통해 자아가 성장하는 모습으로 볼 수 있다.

3. 지원자는 높임 표현을 통해 최대한 예의와 격식을 갖추어 쓰고 있으며, 아프리카에서 경영을 하고 싶다는 자신의 꿈을 분명하게 밝히며 지원 동기를 드러내고 있다.

4. 순우리말이 아닌 한자어와 한자어의 결합으로 이루어진 단어들 가운데 곳간(庫間), 셋방(貰房) 숫자(數字) 찻간(車間), 툇간(退間), 횟수(回數)는 '사이시옷'을 넣는다.

5. 현실 모순에 저항하는 '임꺽정'을 통해 농민들의 적극적 저항 의지를 나타내려고 한다.

6. 억울하고 화가 나 원통한 마음인 분(憤)과 화장품의 한 가지인 분(粉)이라는 중의적 시어를 사용하여 시적 의미를 풍부하게 한다.

7. 후렴구는 둘 이상의 절로 이루어진 시나 가사에서, 되풀이되어 나타나는 각 절의 마지막 구이다. 이는 노래의 리듬을 조성하고 시적 감흥을 북돋으며 시각적으로 연을 구분하는 역할 및 작품의 형태적 안정감과 통일성을 부여한다.

8. 원구가 과거를 회상하는 계기가 되고 우울하고 음산한 분위기를 조성한다. 또 동욱 남매의 비참한 삶을 상징하며 작품 후반부에서는 원구의 죄의식을 상기시키는 기능을 한다.

9. 위선적인 인물을 대표하는 북곽 선생을 내세워 당대 양반 계급, 즉 다수 선비의 부패한 도덕 관념을 풍자하며 비판하고 있다.

10. ① 홀+짝 / ② 짝+홀

| ① | $a$ | $b$ | $c$ |
|---|---|---|---|
| 11 | 홀 | 홀 | 짝 |
| 21 | 홀 | 짝 | 홀 |
| 31 | 홀 | 짝 | 짝 |

| ② | $a$ | $b$ | $c$ |
|---|---|---|---|
| 4 | 짝 | 홀 | 홀 |

1) 2x2x3=12  +  2) 2x3x4=24  +  3) 2x3x3=18  +  4) 1x2x4=8

11. 서로 다른 4개에서 $n$개를 선택하는 중복수열

$$4^{1}+4^{2}+4^{3}+4^{4}=4+16+64+256 =340$$

12. $3A = \log_a\left(\dfrac{x^2}{y^3}\right)^3 = \log_a \dfrac{x^6}{y^9}$

$2B = \log_a\left(\dfrac{y^2}{x^3}\right)^2 = \log_a \dfrac{y^4}{x^6}$

$\therefore 3A+2B = \log_a\left(\dfrac{x^6}{y^9}\cdot\dfrac{y^4}{x^6}\right) = \log_a \dfrac{1}{y^5}$

13. $x = \log_{2007} 100$ , $y = \log_{0.2007} 100$

따라서 준 식은 $\dfrac{1}{x} - \dfrac{1}{y} = \dfrac{1}{\log_{2007} 100} - \dfrac{1}{\log_{0.2007} 100}$

$= \log_{100} 2007 - \log_{100} 0.2007$

$= \log_{100} \dfrac{2007}{0.2007}$

$= \log_{100} 100^2$

14. $\lim\limits_{x\to\infty}\dfrac{f(x)}{x^3}=1$에서   다항함수 $f(x)$는 3차식이고 최고차항의 계수가 1임을 알 수 있다.

$\lim\limits_{x\to-1}\dfrac{f(x)}{x+1}=2$에서 다항함수 $f(x)$는 $f(-1)=0$이고, $f(x)=x^3+ax^2+bx+c(a,b,c\,상수)$라

하면 $x+1$나눈 몫 $x^2+(a-1)x+(-a+b+1)$에 $x=-1$을 대입 한 값이 2임을 알 수 있다.

$f(-1)=0$에서 $a-b+c=1$ ···①

$x^2+(a-1)x+(-a+b+1)$에 $x=-1$대입 한 값이 2 이므로 $2a-b=1$ ···②

$f(1)\le 12$이므로 $a+b+c\le 11$···③

②식에서 $b=2a-1$ , ①식에서 $c=1+b-a$ 를 ③식에 대입하면 $a+b+1+b-a\le 11$ 이므로

$b\le 5$ 그러므로 $b$의 최댓값은5, $b=2a-1$이므로 $2a-1\le 5$, $a\le 3$그러므로 $a$최댓값은3

③식에서 $a,b$의 최댓값이 $3,5$이므로 $c$의 값은 3이 된다.

그러므로 $f(x)=x^3+3x^2+5x+3$이 된다.

따라서 $f(2)=33$

15. 그래프에서 $\lim\limits_{x\to 0+}f(x)=0,\ \lim\limits_{x\to 1-}f(x)=2$이므로

$\lim\limits_{x\to 0+}f(x)-\lim\limits_{x\to 1-}f(x)=0-2=-2$

2022학년도 대입 논술 전형

# 약술형 논술고사

성명 :

수험번호 :

지원학과 :

소속 고등학교 :

## 【답안 작성 시 유의사항】

· 시험 시간은 80분입니다.

· 휴대폰, 전자계산기 등의 전자기기는 소지할 수 없습니다.

· 성명, 수험번호, 지원학과, 소속 고등학교명을 반드시 기입하십시오.

· 답안 작성은 답안지에 연필 또는 검은색 펜으로 명확하게 작성하십시오.

· 시험이 종료될 때까지 퇴실할 수 없습니다.

# 가천대 논술 모의고사 2회 [인문계열]

**※ 다음 글을 읽고 물음에 답하시오.**

　회화는 사진과 달리 동일한 작품이 존재할 수 없다는 점에서 작품의 유일성이 중시되며, 이 때문에 유명 작품의 경우 위조품이 만들어지는 경우가 많다. 그리고 위조품 때문에 수집가, 미술관 큐레이터, 예술사가들은 특정 작품이 진짜인지 아닌지 판가름해야 하는 문제에 직면하게 된다. 유명 화가가 그린 진품, 그리고 누군가 그것을 복제한 작품이 나란히 있다고 해 보자. 만일 두 그림 사이에 차이가 분명히 드러난다면 진품의 예술적 가치가 뛰어나다고 평가할 것이고, 위조품은 아예 예술적 가치가 없다고 말할 것이다. 그런데 전문가조차도 진품과 위조품을 구분하기 어려운 경우에는 두 작품의 예술적인 가치에 대해 어떻게 평가할까? 미술계에는 이 질문에 대한 상반된 주장이 공존한다.

　먼저 진품과 위조품의 예술적 가치가 다를 수밖에 없다는 주장이 있다. 이 주장을 제시한 이들은 작품의 예술적 가치를 판단할 때 작가가 성취한 독창성을 중시한다. 유명 작가의 작품과 구분될 수 없을 정도로 정교하게 모사한 위조품의 경우, 진품의 작가가 성취한 독창성을 지니고 있지 않으므로 예술적 가치가 없다는 것이다. 위조 작가 중에 유명 작가보다 화가로서 더 뛰어난 회화적 능력을 가진 이도 있을 것이다. 그러나 이 경우에도 이들은 위조 작가에게는 독창성이 없으므로, 그의 뛰어난 위조술만으로는 위대한 화가가 될 수는 없다고 평가한다. 이들은 유명 작가의 양식을 모방하여 창작한 작품이 유명 작가의 작품보다 완성도가 더 높은 경우에도 위조 작가가 자신만의 양식을 창조하지 않고 남의 양식을 베꼈으므로 진품의 예술적 가치를 뛰어넘지 못한다고 주장하는 것이다. 예술적 가치 판단에서 창작 기술보다는 창의성을 더 가치 있게 보기 때문이다.

　그런데 이런 주장을 비판하는 이들도 있다. 먼저 이들은 진품과 위조품의 예술적 가치가 다를 수밖에 없다는 주장이, 작품 자체가 아니라 작가를 문제 삼아 위조품의 예술적 가치를 인정하지 않았다는 점을 비판한다. 이들은 선입견 없이 보면 유명 작가의 양식을 모방하여 그린 작품조차도 예술적 가치를 평가할 수 있다고 주장한다. 작품이 이룬 예술적 성취, 즉 작품 자체가 지닌 예술적 완성도만으로 작품의 가치를 평가해야 한다는 것이다. 그렇다고 이들이 원작과 구분이 안 될 정도로 정교하게 모사한 위조품을 그린 위조 작가가, 그 나름의 예술적 독창성을 성취한 원작의 작가와 예술가로서의 동등한 지위를 갖는다고 여기는 것은 아니다. 다만 작품의 작가가 누구인지 상관없이 진품이든 위조품이든 작품 자체만으로 예술적 가치를 판단해야 한다고 주장하는 것이다. 작품의 완성도가 높은 위조품이 그렇지 않은 원본보다 예술적 가치가 더 높은 경우도 있을 수 있음을 인정하는 것이다. 이들은 진품을 위조품보다 더 높이 평가하는 이유가 예술 작품이 유일본이어야 더 높은 값을 받을 수 있기 때문이라고 본다. 또 유일본을 즐겨 소장하는 예술품 수집가의 허세로 인한 것일 수도 있으며, 유명 작가가 직접 예술적 노력을 기울여 창작한 작품이어야 골동품으로서의 매력이 있다고 여기기 때문이라고 생각한다. 그리하여 이들은 가격, 허세, 골동품으로서의 매력은 예술적 가치와는 관련이 없으며, 그것은 희귀성, 경쟁심 등의 문제일 뿐이라고 말한다.

진품과 위조품의 예술적 가치에 대해 상반된 주장을 하는 이들은 작가의 도덕성을 위조품에 대한 가치 판단의 근거로 삼을 수 있는지에 관해서도 충돌한다. 만일 어떤 사람이 정직하지 않은 수단을 통해 부자가 되었다면 우리는 문제가 있다고 인식한다. 진품과 위조품 사이에 예술적 가치의 차이가 분명히 존재한다고 주장하는 이들은 위조품에도 이러한 인식이 적용된다고 본다. 즉 위조품은 그 출처에 대해서 감상자를 속이려는 의도를 포함하고 있기 때문에 예술적 가치가 없다고 여기는 것이다. 반면 진품과 위조품 사이에 예술적 가치의 차이가 반드시 존재하는 것만은 아니라고 주장하는 이들은 작품 제작에 정직성이 결여되었다는 점이 그 작품의 감상에 영향을 끼치는 이유가 될 수 없다고 여긴다. 작품에 속임수를 포함하여 그 속임수를 의도한 작가가 도덕적으로 비난받더라도 그것이 뛰어난 위조품, 즉 작품의 예술적 가치를 훼손하지 못한다는 것이다.

**1. 윗글에서 논쟁 대상으로 삼은 것이 무엇인가.**

※ 다음 글을 읽고 물음에 답하시오.

안녕하세요. 학생 사진 콘테스트 대상 수상자로 선정된 ◇◇고등학교 3학년 ○○○입니다. 이렇게 심사위원님을 비롯한 콘테스트 관계자분들과 참가자분들 앞에서 수상 소감을 말하려니 많이 떨리네요. 부족한 저에게 큰 상을 주신 콘테스트 관계자님들께 감사드립니다. ㉠(콘테스트 관계자들을 향해 인사)

제가 본격적으로 사진에 관심을 갖게 된 것은 우연한 사건 때문이었습니다. 초등학교 1학년 때 아버지께서 쓰시던 디지털카메라를 가지고 놀다 할머니를 촬영한 적이 있었습니다. 그런데 그다음 해 할머니께서 갑자기 돌아가시게 되었고, 저를 보며 환하게 웃으시던 그 사진은 영정 사진으로 쓰였습니다. 장례식이 끝난 후 어른들은 할머니의 행복한 모습이 담긴 사진을 보니 한편으로 슬펐지만 또 한편으로는 위로를 받을 수 있었다고 하시며 그런 사진을 촬영한 저를 칭찬해 주셨습니다. 그 말씀을 들으며 저는 어렴풋이 사진이 지닌 위대한 힘을 알게 되었습니다. 그 이후로 언제 어디서나 카메라는 늘 저와 함께했습니다. ㉡(일부러 자신의 목에 걸린 카메라를 쓰다듬으며) 그리고 영광스러운 이 자리에도 사랑하는 이 친구와 함께하게 되었네요.

저는 일상의 극적 순간을 절묘하게 잡아냈던 사진작가인 앙리 카르티에 브레송을 존경합니다. 그래서 평소 그분이 추구했던 사진을 찍기 위해 많이 노력했습니다. 그러나 제가 원하는 사진을 얻기까지는 매우 힘든 과정을 거쳐야 했습니다. 결정적인 장면을 포착하기 위해 잠을 포기하고 하루 종일 하늘만 쳐다본 적도 있었고, 마음에 드는 사진을 얻기 위해 똑같은 피사체를 수천 장 찍은 적도 있었습니다. 또 하루 종일 셔터를 눌러도 만족스러운 사진을 한 장도 건지지 못하는 날도 많았습니다.

그러나 가끔 마음에 드는 사진을 만나면 그동안의 고생이 눈 녹듯 사라졌습니다. 이번 콘테스트에 출품한 사진인 <별나라>는 그런 노력 끝에 얻은 작품입니다. 별 사진을 담기 위해서는 주변의 빛이 많지 않아야 합니다. 별빛이 생각보다 강하지 않기 때문에 어두운 하늘에서 찍어야 하거든요. 달이 거의 보이지 않는 그믐날을 선택해 찍다 보니, 그날 실패하면 또 한 달을 기다려야 해서 이 사진도 거의 세 달을 도전해서 겨우 성공하였습니다. 어린 시절 상상했던 별나라를 생각하면서 별들이 땅으로 쏟아져 내릴 것 같은 느낌을 담으려고 애썼는데, 아마 이런 저의 마음이 심사 위원님께 잘 전달돼서 이렇게 상을 받게 된 것 같습니다.

이번 콘테스트를 준비하면서 사진작가로서 저에게 부족한 점이 많다는 것을 알게 되었습니다. 어느 사진작가는 "사진은 95%의 기술과 5%의 영감으로 만들어진다."라고 말했습니다. 이 말처럼 사진작가가 원하는 사진을 촬영하기 위해서는 다양한 사진 기술을 익혀야 하는데, 콘테스트를 준비하는 과정에서 제 사진 기술이 많이 모자라니 더 노력해야 함을 알게 된 것입니다. 그래서 저는 앞으로 사진학과에 진학하여 다양한 사진 기술을 익혀 더욱 멋진 사진을 촬영해야겠다고 결심했습니다.

ⓒ(시계를 보며) 벌써 시간이 이렇게 되었네요. 정해진 시간을 지키는 것도 중요하니 이만 마치도록 하겠습니다. 마지막으로 저를 사진의 길로 인도해 주신 하늘에 계신 할머니께 수상의 영광을 바칩니다. 감사합니다.

**2. 윗글 ㉠-ⓒ을 토대로 <보기>의 빈칸을 채우시오.**

<보기>

대상을 수상한 학생은 언어적인 의사소통 방식을 통해 소감을 발표하고 있다. 그 과정에서 예의를 지키고, 청중의 이목을 끌며, 발표 시간을 준수하기 위하여 (          ) 의사소통 방식도 함께 활용하고 있다.

**※ 다음 글을 읽고 물음에 답하시오.**

안녕하세요. 저는 학생회장 김△△입니다.

어제 방과 후에 급식의 질 개선을 위한 저희 학생회 임원들과 학교 측의 면담이 있었습니다. 면담 중에 영양 선생님으로부터 다소 충격적인 내용을 듣고, 저희 임원들은 문제의식을 공유하면서 학생회가 기획한 활동에 함께해 줄 것을 당부하기 위해 이곳에 글을 올립니다.

우리가 점심시간마다 배출하는 잔반의 양이 어느 정도인지 아는 학생이 있나요? 영양 선생님 말씀에 의하면 우리 학교에서는 매일 평균 200kg 정도의 잔반이 발생한다고 합니다. 그리고 잔반 처리를 위해 한 달에 평균 80만 원가량의 적지 않은 비용을 지출한다고 합니다. 영양 선생님께서 그 금액이면 학생들에게 더 나은 음식과 간식을 제공할 수 있을 거라며 안타까워하셨습니다. 더구나 그 잔반들이 재활용되지 않고 매립되는 경우가 많다 하니, 의도치 않게 우리는 그동안 환경 오염의 원인을 제공하고 있었던 것입니다.

물론 학생들이 좋아하는 메뉴만 제공한다면 음식을 남기지 않을 것이라고 생각하는 학생들도 있을 것입니다. 또 학생 스스로 반찬을 담을 수 있도록 자율 배식을 하면 학생들이 잘 먹지 않는 반찬이 버려지는 문제도 해결될 것으로 생각하는 학생들도 있을 것입니다. 어제 면담에서 이런 의견을 전한 학생회 임원이 있었는데, 이런 방안들에 대해 영양 선생님께서는 영양의 불균형을 초래할 수 있어서 실행하기 어렵다고 하셨습니다. 다만 학생들의 선호도가 낮은 나물, 김치류는 자율 배식으로 할 수 있다고 하셨습니다.

저는 잔반이 많이 발생하는 이유가 좋아하지 않는 음식을 먹지 않기 때문이 아니라 스스로 음식량을 조절하지 못하기 때문이라고 생각합니다. 자신이 먹을 수 있는 양을 헤아리지 않고 많은 양을 달라고 요구하기 때문에 잔반이 생기는 것이죠. 당장 배고프다는 생각에 무조건 많이 받기보다는 평소 자신의 식사량을 감안하여 자기가 먹을 수 있을 만큼만 받는 습관을 길렀으면 합니다.

우리 학생회에서는 다음 주부터 잔반 줄이기 캠페인을 벌이기로 하였습니다. 학생들의 인식 개선을 위해서 '음식물 남기지 않기'와 관련한 포스터를 제작하여 급식실 곳곳에 부착하는 한편, 학생회 임원들을 중심으로 캠페인 피켓을 들고 급식 대기 줄에서 홍보 활동을 하기로 하였습니다. 또 일주일에 하루는 학생들이 선호하는 음식을 위주로 하여 '도전, 잔반 없는 날!' 이벤트를 진행하려고 합니다. 그리고 학교 측과 협의하여 매달 환경 사랑 우수 학급을 선정하여 시상하기로 하였습니다. 음식물을 남기지 않은 학생에게 '잔반 제로 코인'을 배부하고, 이를 학급별로 저축을 한 후 매달 일정 수 이상의 코인을 모은 학급에 상품을 주는 것입니다.

환경 보호와 급식의 질 개선이라는 일석이조의 효과가 있는 잔반 줄이기 캠페인에 적극적으로 동참해 주시기를 바랍니다.

3. 윗글의 필자가 의도한 글의 목적 두 가지를 쓰시오.

※ 다음 <보기>를 읽고 물음에 답하시오.

<보기>

우리말에서는 'ㄴ'이 'ㄹ'의 앞 또는 뒤에서 'ㄹ'로 ( ㉠ )되어 발음된다. '광한루'와 '핥네'는 ( ㉡ )가 일어나 ( ㉢ ), ( ㉣ )로 발음된다.

**4. 윗글 <보기>의 ㉠-㉣에 들어갈 단어를 쓰시오.**

※ 다음 글을 읽고 물음에 답하시오.

(가)
나 두 야 간다.
나의 이 젊은 나이를
눈물로야 보낼 거냐.
나 두 야 가련다.

아늑한 이 항군들 손쉽게야 버릴 거냐.
안개같이 물 어린 눈에도 비치나니
골짜기마다 발에 익은 묏부리 모양
주름살도 눈에 익은 아아, 사랑하는 사람들

버리고 가는 이도 못 잊는 마음
쫓겨 가는 마음인들 무어 다를 거냐
돌아보는 구름에는 바람이 희살짓는다
압 대일 언덕인들 마련이나 있을 거냐

나 두 야 가련다.
나의 이 젊은 나이를

눈물로야 보낼 거냐

나 두 야 간다.

- 박용철, 「떠나가는 배」

(나)

간 봄을 그리워함에

모든 것이 서러워 시름하는데

아름다움 나타내신

얼굴이 주름살을 지으려 하옵내다

눈 돌이킬 사이에나마

만나 뵙도록 하리이다

낭이여 그리운 마음의 가는 길에

다북쑥 우거진 마을에 잘 밤이 있으리이까

-득오, 「모죽지랑가」

**5. 윗글 (가)에서 활용한 띄어쓰기가 주는 효과를 쓰시오.**

**6. 윗글 (나)에서 죽지랑의 죽음을 암시하는 시어를 찾아 쓰시오.**

**※ 다음 글을 읽고 물음에 답하시오.**

(가)

"십 년은 더 늙은 것 같네. 그간 고생 몹시 했지? 학교에서 문 열구 나오는 자넬, 자네루 알아 못 보았었네. 어쩌면 그렇게 훈장 티가 꼭 뱄나?"

"일 년 못 돼 훈장 티가 배어 뵌다면야 슬픈 일이네마는…… 알아 못 보긴 자넨 게 아니라 내였네. 상큼한 콧날과 움푹 팬 눈이 자네 얼굴의 특징이었었는데, 콧날은 없어지고 눈마저 변했더면 통 알아 못 볼 뻔했네."

"……."

"그렇게 변한 자네의 삼 년이 알고프네. 6·25 나던 때, 신문사서 갈라진 게 마지막 아닌가?"

"그랬던가? 내 얘긴 차차 하고 자네 지낸 일 들어 보세."

그러는데 요리가 들리어 들어왔다.

"자, 들게."

흰 알잔에 따른 빼주가 쿡 코를 찌른다. 둘은 함께 들어 조금씩 마시었다. 조운의 젓가락은 해삼 요리에 먼저 갔다. 호르몬제라고 중국 요리를 먹을 때마다 죄 없는 화젯거리가 되는 음식이다. 석은 문득 그것을 생각하고 빙그레 웃음을 띠는데, 조운은 큰 놈 한 개를 집어 입에 넣고 씹으면서,

"삼 년 동안 나는 타락했네." 하였다.

"타락이라니? 난 자네의 세계가 넓어지고 커졌으리라 기대하고 있는 판인데……."

조운은 얼굴에 또 복잡한 표정이 서리더니, 잔에 술을 부어서 먼저 들이마시고 빈 잔을 석에게 건넸다. 잔은 왔다 갔다 하였다.

석은 얼굴이 화끈해지면서 거나해 간다. 한 달 만에 접구하는 것이라 좋은 안주에 술 맛을 한결 돋우었다. 말하기 꼭 좋았다.

"나는 이를테면 넓은 데서 좁은 구멍으로 기어 들어가 옴짝달싹 못하고 기진맥진하고

있는 터이지마는, 자네야 넓은 세계에 활활 날아다니는 셈 아닌가? 작품 세계가 커지고 힘차리라고, 오늘 자네를 대할 때부터 그런 기대를 가지고 있었네.”

“작품?”

“그래!”

잠깐 머리를 푹 숙이었다가 조운은 갑자기 일어나더니, 벗어 못에 걸어 놓았던 외투 안주머니에서 종이에 싼 것을 끄집어냈다.

“이걸 보게.”

내미는 종이 꾸러미를 펴 보고 석은 어리둥절하지 않을 수 없었다.

“이건 뭔가?”

거기에는 새것인 ㉠검정 넥타이 위에 흰 봉투가 놓여 있는 것이 나타났다. 봉투에는 ‘조운 선생님’이라고 틀림없는 여자의 글씨가 단정하게 씌어 있었다. 어안이 벙벙해 앉았는 석에게, 조운은 편지를 집어 알맹이를 내어 주었다.

“읽어 보게.”

“읽어두 괜찮은가?”

“읽게.”

펴 보니 간단한 문면이었다.

선생님 호의는 뼈에 사무치오나 제가 취할 길은 이미 작정되었습니다. 그사이 저는 선생님 몰래 간호장교 시험에 지원했습니다. 시험은 월요일 대구에서 치르나, 준비 때문에 지금 떠납니다…… 그때 그 넥타이는 집과 함께 재가 되었습니다. 이것은 그 대신입니다. 선생님은 역시 검정 넥타이를 매셔야 격에 어울립니다. 안녕히.

-미이 올림.

“미이?”

석은, “그 미이인가?”하고 가볍게 놀라면서 물었다.

“그렇네.”

미이는 조운을 따라다니던, 석도 잘 아는 문학소녀였다.

-안수길, 「제3인간형」

(나)

이때에 양유 매화를 찾아 학당으로 돌아오매 매화 눈물 흔적 있거늘 양유가 가로되,

“그대 어찌하여 먼저 왔으며 슬픈 기색이 있느뇨. 아마도 곡절이 있도다. 오늘 사람들이 여자가 남복을 입었다 하니 그 일로 그러한가 싶으니 그럼 여자가 분명한가?”하더라.

매화 흔연히 웃으며 가로되,

"어린아이 부모를 생각하니 어찌 아니 슬프리오. 또 내 몸이 여자면 여자로 밝히고 길쌈을 배울 것이지 남복을 입고 남을 속이리오. 본디 골격이 연연하매 지각없는 사람들이 여자라 하거니와, 일후 장성하여 골격이 웅장하면 장부 분명하올지라." 하고 단정히 앉아 풍월을 읊으니 소리 웅장하여 호치를 들어 옥반을 치는 듯 진시 남자의 소리 같은지라. 양유 그 소리 들으며 남자가 분명하되 이향이 만당하여 다만 매화의 태도를 보고 마음만 상할 따름일러라. 이때는 놀기 좋은 춘삼월이라. 춘풍을 못 이겨 양유 매화를 데리고 경개를 따라 놀더니 서로 풍월 지어 화답하매 매화 양유 글을 받아 보니 하였으되,

[A]
양유는 먼저 봄빛을 얻었는데,
매화는 어찌 즐겁지 아니하는고.

하였더라. 양유가 매화의 글을 받아 보니 하였으되,

[B]
나비가 꽃을 알지 못하고,
원앙새가 물을 얻지 못하였도다.

하였거늘 이에 양유가 그 글을 받아 보고 크게 놀라 기뻐하여 가로되, "그대 행색이 다르기로 사랑했더니 풍모가 정녕 여자로다. 그러하면 백년해로 어떠하뇨."

매화 고개를 숙이고 수색이 만안하여 가로되,

"나는 과연 여자이거니와 그대는 사부 집 자제요, 나는 유리걸식하는 사람이라. 어찌 부부 되기 바라리오. 낸들 양지작을 모르리오마는 피차 부모의 명이 없삽고 또한 예절을 행치 못하면 문호에 욕이 되올 것이니 어찌 불효 짓을 하리오. 부모의 명을 받아 백년해로한다면 낸들 아니 좋으리까."

― 작자 미상, 「매화전(梅花傳)」

7. (가)에서 ㉠이 상징하는 바를 쓰시오.

**8. (가)에서 입체적 인물에 해당하는 인물을 쓰시오.**

**9. (나)에서 [A]와 [B]는 어떠한 기능을 하는지 쓰시오.**

**10. A, B, C 중에서 2개를 선택하여 일렬로 세울 수 있는 경우를 수를 구하시오.**

**11.** 학교 체육대회 선수 선발전에서 선수 $A$를 포함한 남자 선수 7명, 선수 $B$를 포함한 여자 선수 7명 중 남자 대표 4명, 여자 대표 4명을 선발한다면 $A$는 선발되고 $B$는 선발되지 않는 경우의 수를 구하시오.

**12.** 1이 아닌 양수 $a$에 대하여 $\sqrt[4]{a\sqrt[3]{a\sqrt{a}}} = a^{\frac{n}{m}}$일 때, $m+n$의 값을 구하시오. (단, $m$과 $n$은 서로소)

**13.** 두 양수 $a$, $b$에 대해 $5^{\log b} = a^{2\log 5}$이고 행렬 $\begin{pmatrix} a & -1 \\ -b & 2 \end{pmatrix}$가 역행렬을 갖지 않을 때, $ab$의 값을 구하시오.

**14.** 원점을 동시에 출발해 수직선 위를 움직이는 $P$, $Q$의 시각 $t\,(t \geq 0)$에서의 속도가 각각 $3t^2 + 6t - 6$, $10t - 6$이다. 두 점 $P$, $Q$가 출발 후 $t = a$에서 다시 만날 때, 상수 $a$의 값을 구하시오.

**15.** 수직선 위를 움직이는 점 $P$의 시각 $t\,(t > 0)$에서의 위치 $(x,\,y)$가 $x = t^3 - 5t^2 + 6t$이다. $t = 3$에서 점 $P$의 가속도를 구하시오.

# 2회 가천대 논술 모의고사 정답

| 문항 | 정답 |
|---|---|
| 1 | 진품과 위조품의 예술적 가치 판단 |
| 2 | 비언어적 |
| 3 | · 잔반 줄이기 캠페인을 홍보<br>· 캠페인 동참 요청 |
| 4 | ㉠ 교체 ㉡ 유음화 ㉢ 광할루 ㉣ 할레 |
| 5 | · 독자의 시선 집중<br>· 느린 호흡 유도<br>· 화자의 심리 부각 |
| 6 | 다북쑥 우거진 마을. |
| 7 | 순수하게 문학을 추구하던 작가로서의 조운의 삶을 상징 |
| 8 | 미이 |
| 9 | 인물의 내면 심리를 표출하고 정황을 압축적으로 제시한다. |
| 10 | 6가지 |
| 11 | 300 |
| 12 | 11 |
| 13 | 8 |
| 14 | 2 |
| 15 | 8 |

## 【 정답 풀이 】

1. 이 글은 위조품의 예술적 가치에 대한 미술계의 상반된 견해를 소개하고 있다. 회화는 작품의 유일성이 중시되어 유명 작품을 위조한 작품이 만들어지는 경우가 잦다. 그런데 미술계에는 정교하게 제작된 위조품의 경우 진품과 마찬가지로 예술적 가치를 인정할 것인가에 대해 상반된 주장이 공존하고 있다. 작가의 도덕성과 관련해서도 전자는 위조품은 남을 속이기 위한 목적으로 창작되었으므로 예술적 가치가 없다고 평가하는 반면, 후자는 남을 속이려는 의도로 위조품을 그린 작가가 도덕적으로 비난받더라도 그것이 뛰어난 위조품, 즉 작품의 예술적 가치를 훼손하지는 못한다고 본다.

2. 비언어적 의사소통은 언어를 사용하지 않는 의사소통으로서, 말이 아닌 몸으로 표현하는 소통 방식이다.

3. 이 글은 학생회장 김△△가 학생회에서 추진하는 잔반 줄이기 캠페인을 홍보하고, 캠페인에 동참할 것을 요청하기 위해 게시판에 올린 글이다.

4. 유음화는 교체 현상이다. '광한루'는 [광할루], '핥네'는 '할레'로 유음화가 일어난다.

5. 작자는 의도적인 띄어쓰기를 통해 독자에게 낯선 느낌을 전달하여 주의를 끌고, 느린 호흡을 통해 머뭇거리는 화자의 모습과 떠나기로 결정한 화자의 심리를 부각한다.

6. 다북쑥 우거진 마을은 다북쑥이 우거진 죽지랑의 무덤을 가리키는 시어로써 죽지랑과의 재회를 기다리는 공간으로 볼 수 있다.

7. 미이가 조운에게 선물한 검정 넥타이는 순수하게 문학을 추구하던 조운의 과거 삶을 상징하며, 조운이 자신의 타락에 대한 자각을 유발하는 소재이다.

8. 소설에 등장하는 인물은 평면적 인물과 입체적 인물로 구분할 수 있다. 이 작품에서 미이는 현실 속에서 자신의 삶을 개척하는 입체적 인물로 등장한다.

9. 고전 소설에 삽입된 시는 주로 등장인물의 내면 심리와 감정을 드러내고, 당대 사건의 정황을 요약하여 제시하는 기능이 있다.

10. 세 개 중 2개를 뽑는 경우의 수는 $_3C_2$ / 두 명을 배열하는 경우의 수는 2!

   $_3C_2 \times 2! = 6$가지

11. A를 포함한 남자 선수 7명 A를 포함한 4명의 남자 선수를 뽑는 경우의 수는 A를 제외한 6명의 남자 선수 중 3명의 남자 선수를 뽑는 경우의 수와 같다.

$_6C_3 = \dfrac{6 \times 5 \times 4}{3 \times 2 \times 1} = 20$

 B를 포함한 여자 대표 7명 중 B를 제외하여 4명의 여자 선수를 뽑는 경우의 수는 B를 제외한 6명의 여자 선수 중 4명의 여자 국가대표를 뽑는 경우와 같다.

$_6C_4 = _6C = \dfrac{6 \times 5}{2 \times 1} = 15$

$20 \times 15 = 300$

12. $\sqrt[4]{a\sqrt[3]{a\sqrt{a}}} = a^{\frac{1}{4} + \frac{1}{12} + \frac{1}{24}} = a^{\frac{3}{8}}$

$\therefore m + n = 11$

13. $5^{\log b} = a^{2\log 5} = 5^{2\log a} = 5^{\log a^2}$

   $\therefore b = a^2$      ······ ㉠

$\begin{pmatrix} a & -1 \\ -b & 2 \end{pmatrix}$가 역행렬을 갖지 않으므로

   $2a - b = 0 \quad \therefore b = 2a$    ······ ㉡

 ㉠, ㉡에서 $a^2 = 2a$

   $\therefore a = 2, \; b = 4 \; (\because a, b$는 **양수**$)$

$$\therefore\ ab = 8$$

**14) 두 점 P, Q 가 출발 후** $t = a\ (a > 0)$**에서 다시 만나므로**

$$\int_0^a (3t^2 + 6t - 6)dt = \int_0^a (10t - 6)dt$$

$$a^3 + 3a^2 - 6a = 5a^2 - 6a\ \ a^3 - 2a^2 = a^2(a - 2) = 0$$

**따라서** $a = 2$

**15. 점 P의 시각** $t$**에서의 위치가** $x = t^3 - 5t^2 + 6t$ **이므로**

**시각** $t$**에서의 속도를** $v$**라 하면** $v = 3t^2 - 10t + 6$**또, 시각** $t$ **에서의 가속도를** $a$**라 하면**

$$a = 6t - 10$$

**따라서** $t = 3$ **에서의 가속도는** $6 \times 3 - 10 = 8$

## 2022학년도 대입 논술 전형

# 약술형 논술고사

성명 :

수험번호 :

지원학과 :

소속 고등학교 :

## 【답안 작성 시 유의사항】

· 시험 시간은 80분입니다.

· 휴대폰, 전자계산기 등의 전자기기는 소지할 수 없습니다.

· 성명, 수험번호, 지원학과, 소속 고등학교명을 반드시 기입하십시오.

· 답안 작성은 답안지에 연필 또는 검은색 펜으로 명확하게 작성하십시오.

· 시험이 종료될 때까지 퇴실할 수 없습니다.

# 가천대 논술 모의고사 3회 [인문계열]

**※ 다음 글을 읽고 물음에 답하시오.**

종교학의 토대를 세운 엘리아데(M. Eliade)는 인도 철학을 연구하며 아리안 문화의 신비화 전통을 계승하였다. 20세기 초의 유럽은 인간이 주체가 되어 합리적이고 민주적인 진보를 이루어 낼 수 있다는 믿음 속에 살아가던 시대였다. 하지만 엘리아데가 실제 목도한 것은 전체주의와 1, 2차 세계 대전의 비합리적인 폭력, 그리고 그로 인한 인간의 존엄성 상실이었다. 엘리아데는 이와 같은 타락과 폭력은 신으로부터 멀어진 인간의 삶에 그 원인이 있다고 보았다. 다시 말해 인간의 삶에서 신성이 제거되면서 인간은 존재의 존엄함을 상실하게 되었다는 것이다. 엘리아데는 인간의 존엄함을 회복하기 위해 신화적이고 원초적인 세계에 다시 주목해야 한다고 보았다.

엘리아데는 이성적 사고를 중시했던 그리스 철학자들이 신화를 해석하는 방식을 거부하였다. 그들이 합리성과 역사에 대립되는 의미로 신화를 해석하면서 신화를 '실재할 수 없는 것'으로 이해한 것과 달리, 엘리아데는 고대인들이 그랬듯이 신화를 '참된 이야기', '신성하고 모범적이고 중요하기 때문에 귀중한 이야기'라고 생각하였다. 그에게 있어 신화란 '실재하는 사실'이며, 인간 행위의 모범이 되고, 그 때문에 인간의 삶에 가치와 의미를 부여하는 것이었다.

엘리아데에 따르면 신화는 태초의 시간, 즉 신화적 시간에 발생했던 신성한 일들을 이야기하고 있다. 즉 신화는 초자연적 존재의 행위를 통하여 우주와 각각의 사물들, 인간의 행위, 그리고 제도 등이 어떻게 존재하게 되었는지를 설명한다. 역사적 시간 속의 인간 존재는 신화적 사건의 결과이다. 그래서 고대 사회의 인간은 신화적 사건을 기억할 뿐만 아니라 그것을 주기적으로 재연(再演)해야 한다고 생각하였다. 이것은 인간의 삶 속에서 일어난 사건을 일회적 사건으로 받아들이는 현대인의 인식과 대조를 이루는 것이다. 고대 사회의 인간은 '처음에' 일어났던 일을 제의(祭儀)의 힘을 통해 반복할 수 있었다. 그들은 제의 행위를 통해 신화를 살려냄으로써 세속적이고 연대기적인 시간, 즉 역사적 시간에서 벗어나 원초적이고 무한히 회복 가능한 신성한 시간으로 들어갈 수 있었다. 엘리아데는 현대인들도 신화에 대해 고대 사회의 인간들과 마찬가지로 생각하고 그에 따라 행동해야 한다고 보았다.

또한 엘리아데는 '성(聖)'과 '속(俗)'의 개념을 인간과 문화를 포괄할 수 있는 근원적 개념으로 보았다. 엘리아데에 의하면 인간은 '성'과 '속'이라는 전혀 다른 두 개의 실재가 공존하는 이중적인 세계 속에 살고 있다. 모든 사물이나 인간의 행위가 자연적인, 그 자체의 의미를 넘어 어떤 초월적 의미를 부여받을 때 그것은 성스러운 속성을 지니게 된다. 예를 들어, 하나의 돌이 있다고 하자. 돌은 그 자체로는 아무런 가치를 지니지 않지만, 신화적 행위를 기념한다고 할 때 그 돌은 거룩한 것이 된다. 인간 행위의 의미와 가치 역시 자연적·육체적 조건에 따라 주어지는 것이 아니라, 원초적인 행위를 재연하고 신화적인 사건을 반복함으로써 부여되는 것이다. 고대인들은 어떤 존재에 의해 이미 경험된 것이 아니면 그 어떤 행위도 의미 있는 것으로 인정하지 않았다. 따라서 그들의 삶은 이미 이전에 행해진 것이며 신화적 시간에 창시된 행위를 계속해서 반복하는 것이었다. 고대 세계에서는 사냥이나 농경, 유희나 투쟁 등 의미를 지닌 모든 행위는 '성', 즉 거룩함에 참여하고 있는 제의적 행위였다. 그러나 현대 사회에 이르러서는 이 모든 행위에서 성스러움이 박탈되면서 '속'된 것만이 남게 되었다.

엘리아데는 아직도 고대인과 비슷한 삶의 양상을 보이며 살아가고 있는 사람들이 원형적이지 않은 시간, 즉 역사적 시간에 대한 강한 거부를 보이고 있다는 사실에 주목하였다. 그리고 이것은 단순히 미래의 발전을 거부하는 성향 때문이 아니라, 인간의 실존이 초월성을 결여한 상황에 대한 거부, 다시 말해서 '속'에 대한 거부에서 비롯된 것이라고 보았다. 결국 제의를 통한 신화의 재연 속에서 시간은 정지되고 인간의 삶이 갖는 혼돈이 사라지고 성스러움이 회복되면서, 태초의 시작이 다시 시작될 수 있는 것이다.

1. 윗글을 바탕으로 <보기>의 ㉠에 들어갈 말을 쓰시오.

<보기>

20세기에 나타난 타락과 폭력의 세계로부터 인간성을 회복하기 위해 엘리아데는 현대인들이 제의를 통한 (  ㉠  )으로 성스러움을 회복해야 한다고 보았다.

## ※ 다음 글을 읽고 물음에 답하시오.

> 학생 : 안녕하세요? 경제학과를 지원한 수험생 김○○입니다.
>
> 면접관 : 학생은 현재 다니고 있는 고등학교에서 '경제 체제'를 공부한 적이 있나요?
>
> 학생 : 예, 경제 수업 시간에 배웠습니다.
>
> 면접관 : 경제 체제를 설명해 보기 바랍니다.
>
> 학생 : 인간이 경제생활을 영위하기 위한 부분적이고 개별적인 경제 활동을 전체로서 질서 있게 하고 조직화하는 일련의 제도라고 할 수 있습니다. 경제 체제는 기준에 따라 다양하게 나눌 수 있지만, 크게 본다면 자본주의 경제 체제와 사회주의 경제 체제로 나눌 수 있습니다.
>
> 면접관 : 자본주의 경제 체제에 대해 구체적으로 설명해 보세요.
>
> 학생 : 생산 수단을 사유화한 경제 주체가 생산 활동을 자유롭게 하고, 자유 시장 기구 하에서 사적 이윤을 추구할 수 있는 경제 체제입니다. 많은 나라에서 이 경제 체제를 도입하고 있는 것으로 알고 있습니다.
>
> 면접관 : 많은 나라에서 자본주의 경제 체제를 도입했다고 했는데, 그 이유가 뭐라고 생각하나요?
>
> 학생 : 자본주의 경제 체제에는 상품의 가격을 결정하는 자유 시장 기구가 있는데, 이것을 통해 공급과 수요가 자연스럽게 조정됩니다. 그러면 유한한 자원이 합리적으로 배분되어 사회 전체적으로 효율성이 극대화되기 때문이라고 생각합니다.
>
> 면접관 : 학생은 기초 학문의 연구를 위해 정부가 보조금을 지원해 준다는 것을 들어 본 적이 있나요?
>
> 학생 : 예, 들어 본 적이 있습니다.
>
> 면접관 : 그렇다면 정부가 기초 학문의 연구에 보조금을 지원하는 것에 대해 어떻게 생각하나요?
>
> 학생 : 기초 학문의 연구에 보조금을 지원하는 것이 경우에 따라서는 오히려 사회 전체의 효율성을 증가시킨다고 생각합니다.

## 2. 윗글을 바탕으로 <보기>의 ㉠, ㉡에 들어갈 말을 쓰시오.

<보기>

면접관은 ( ⓐ )을 목적으로 학생과 면접을 진행하고 있다. 이러한 면접은 공적인 행위이므로, 특정 학생에게만 높은 점수를 부여하여 한쪽으로 치우치지 않도록 평가의 ( ㉡ )이 확보되어야 한다.

**※ 다음 글을 읽고 물음에 답하시오.**

> 우리나라 사람들의 문화 중 외국인들에게 잘 알려져 있는 것 중 하나가 바로 '빨리빨리' 문화이다. 그리고 이런 '빨리빨리' 문화는 그동안 건축물 부실 공사와 완성도 낮은 제품 생산, 안전사고 등의 원인으로 지목되면서 우리 사회에서 지양해야 할 문화로 인식되어왔다.
>
> 하지만 이러한 '빨리빨리' 문화가 과연 나쁘기만 한 것일까? 우리의 '빨리빨리' 문화와 관련하여 일부 외국인들은 매우 긍정적인 평가를 내놓기도 한다. 우리나라에서 오랫동안 사업을 해 왔던 한 외국인 기업가는 한국의 IT 제품이나 인터넷 기술이 발달한 이유로 '빨리빨리' 문화를 꼽으며, 변화를 두려워하지 않는 한국인의 습성에 대해 언급한 바 있다. 또 중국 △△ 대학의 ○○○ 교수는 한류의 다양한 문화 콘텐츠가 성공을 거둔 것은 소비자들의 취향과 반응을 발 빠르게 반영하고 관련 사업에 과감한 투자를 하였기 때문이라며, '빨리빨리' 문화를 긍정적으로 평가했다. 이처럼 '빨리빨리' 문화는 우리나라 사람들의 장점을 드러낼 뿐만 아니라 다양한 측면에서 긍정적 효과를 가져올 수 있다.
>
> 정치, 사회, 문화, 기술 등 모든 분야가 급변하는 세계적 흐름 속에서 변화와 혁신이 중요한 가치로 자리매김하고 있다. 그런 의미에서 우리나라 사람들의 '빨리빨리' 문화는 우리 사회의 경쟁력을 높이는 원동력이 될 수 있다. 따라서 우리 사회는 '빨리빨리' 문화에 대한 부정적 통념에서 벗어나 긍정적 속성을 발전시키기 위해 노력해야 할 것이다.

**3. 윗글을 바탕으로 <보기>의 ㉠, ㉡에 들어갈 말을 쓰시오.**

<보기>

> 학생의 글에서는 ( ㉠ )을/를 통해 '빨리빨리' 문화에 대한 독자의 주의를 환기하고, '빨리빨리' 문화에 대한 외국인들의 평가를 ( ㉡ )하고 있다.

※ 다음 글을 읽고 물음에 답하시오.

<보기>

선생님 : '표준어 규정'에서는 'ㅚ'는 단모음으로 발음하는 것이 원칙이지만, 이중 모음으로 발음하는 것도 허용하고 있습니다. 그렇다면 '참외'는 [차뫼]로 발음하는 것이 원칙이지만 (          )로 발음하는 것도 허용되지요.

4. 윗글 <보기>의 빈칸에 들어갈 발음으로 적절한 것을 쓰시오.

※ 다음 글을 읽고 물음에 답하시오.

(가)
당신은 해당화 피기 전에 오신다고 하였습니다. 봄은 벌써 늦었습니다.
봄이 오기 전에는 어서 오기를 바랐더니, 봄이 오고 보니 너무 일찍 왔나 두려워합니다.

철모르는 아이들은 뒷동산에 해당화가 피었다고 다투어 말하기로 듣고도 못 들은 체하였더니

야속한 봄바람은 나는 꽃을 불어서 경대 위에 놓습니다그려.

시름없이 꽃을 주워서 입술에 대고 '너는 언제 피었니' 하고 물었습니다.

꽃은 말도 없이 나의 눈물에 비쳐서 둘도 되고 셋도 됩니다.

- 한용운, 「해당화」


(나)

동짓달 기나긴 밤을 한허리를 베어 내어

춘풍 이불 아래 서리서리 넣었다가

어른 님 오신 날 밤이어든 굽이굽이 펴리라.

- 황진이


5. 윗글 (가), (나)의 공통된 화자의 정서를 쓰시오.




6. 윗글 (가)와 (나)에서 공통된 시적 상황을 쓰시오.

**※ 다음 글을 읽고 물음에 답하시오.**

**(가)**

다시 돌쳐 들어오며 보니, 찻간에서 무슨 대수색을 하는지 승객들은 아직도 아니 들여보내고, 결박을 지은 여자는 업은 아이가 깨어서 보채니까 일어서서 서성거린다.

'젖이나 먹이라고 좀 풀어 줄 일이지.'하는 생각을 하니 곁에 시퍼렇게 얼어서 앉은 순사가 불쌍하다가도 밉살맞다. 목책 안으로 들어오며 건너다보니까 차장실 속에 있던 두 청년과 헌병도 여전히 이야기를 하고 섰다. 나는 까닭 없이 처량한 생각이 가슴에 복받쳐 오르면서 한편으로는 무시무시한 공기에 몸이 떨린다.

젊은 사람들의 얼굴까지 시든 배춧잎 같고 주눅이 들어서 멀거니 앉았거나, 그렇지 않으면 빌붙는 듯한 천한 웃음이나 '헤에' 하고 싱겁게 웃는 그 표정을 보면 가엾기도 하고, 분이 치밀어 올라와서 소리라도 버럭 질렀으면 시원할 것 같다.

'이게 산다는 꼴인가? 모두 뒈져 버려라!'

찻간 안으로 들어오며 나는 혼자 속으로 외쳤다.

'무덤이다! 구더기가 끓는 무덤이다!'

나는 모자를 벗어서 앉았던 자리 위에 던지고 난로 앞으로 가서 몸을 녹이며 섰었다. 난로는 꽤 달았다. 뱀의 혀 같은 빨간 불길이 난로 문틈으로 날름날름 내다보인다. 찻간 안의 공기는 담배 연기와 석탄재의 먼지로 흐릿하면서도 쌀쌀하다. 우중충한 남폿불은 웅크리고 자는 사람들의 머리 위를 지키는 것 같으나 묵직하고도 고요한 압력으로 지그시 내리누르는 것 같다. 나는 한번 휘 돌려다보며,

'공동묘지다! 공동묘지 속에서 살면서 죽어서 공동묘지에 갈까 봐 애가 말라 하는 갸륵한 백성들이다!'하고 혼자 코웃음을 쳤다.

– 염상섭, 「만세전」

**(나)**

국순의 자는 자후다. 그의 선조는 농서 지역 출신이다. 국순의 90대 조상인 모는 후직을 도와서 많은 사람들이 밥을 먹도록 한 공로가 있었다. 『시경』에서 "우리에게 밀과 보리를 주었구나."라고 한 구절은 이러한 사실을 말하는 것이다. 모는 처음에는 숨어서 벼슬하지 않고서"나는 반드시 농사를 지어 먹고살 것이다."라고 하면서 시골에서 살았다. 뒷날 임금이 모의 소문을 듣고, 조서를 내려 안거를 보내 모를 불렀다. 그리고 임금이 지방에 명령을 내려 모가 가는 곳마다 후하게 예물을 보내도록 하고, 신하들에게 명령하여 모의 집을 방문하도록 했다. 그러자 모는 사람들의 귀천을 가리지 않고 친분을 맺었으며, 자신의 뛰어난 능력을 감추고 사람들과 뒤섞여 살았다. 이에 훈훈한 기운이 사람들에게 점점 스며들면서 사람들의 마음이 넓어지고 온전해지는 아름다움이 있었다. 그러자 모는 기뻐하면서 "나를 완성하는 것은 벗이라고 했는데, 이 말이 정말 옳구나."라고

말했다. 점점 모의 맑은 덕이 알려지면서, 임금님이 모의 마을에 정문을 세워 주었다. 그 뒤 모는 임금을 따라 환구에서 제사를 지냈다. 임금은 그 공으로 모를 중산후로 책봉하고, 식읍 1만 호와 식실봉 5천 호를 내려 주었으며, 국씨라는 성을 하사했다.

　모의 5세손은 성왕을 도와 국가에 충성하는 것을 자신의 임무로 삼아, 태평성대를 이룩했다. 그러나 강왕이 즉위한 뒤, 모의 5세손을 홀대하여 벼슬을 하지 못하도록 했다. 그 결과 모의 5세손의 후손들 중에서 유명한 사람이 없어졌고, 모두 민간에 숨어 살게 되었다.

(중략)

　순의 재주와 도량이 크고 깊으며 넓기가 만경창파와 같아, 맑게 하려 해도 맑아지지 않고 흔들어도 흐려지지 않았다. 그리하여 그의 풍류적인 성격은 한 시대를 기울게 했고, 사람들에게 기운을 매우 더해 주었다. 순이 섭법사에게 나아가 하루 종일 담론을 했는데, 그 자리에 참석한 사람들을 모두 졸도하게 만들었다. 그리하여 순의 이름이 널리 알려지게 되니, 사람들이 순을 국처사라 했다. 공경대부, 신선, 방사로부터 머슴, 목동, 오랑캐, 외국인까지 순의 향기와 이름을 마신 사람은 모두 순을 사모하게 되었다. 사람들이 매번 성대하게 모일 때마다 순이 가지 않으면, 사람들이 모두 근심하여 "국처사가 없으면 즐겁지 않다."라고 말했으니, 사람들이 순을 사랑하는 것이 이와 같았다.

　태위 산도가 물건을 감식하는 능력이 있었는데, 일찍이 순을 보고 "어떤 늙은 할미가 이렇게 훌륭한 아이를 낳았는가? 천하 사람들을 장차 잘못되게 할 사람은 바로 이 아이가 틀림없다."라고 했다. 공부에서 순을 불러 청주종사로 임명했으나, 위가 막히기 때문에 담당할 수 있는 것이 못 되었다. 그리하여 평원독우로 벼슬을 고쳤다. 순이 오래 있다가 한탄하기를, "내가 닷 되의 쌀 때문에 허리를 굽혀 시골의 어린아이에게 향하지 않을 것이며, 마땅히 술 단지와 도마 사이에 서서 담론할 뿐이다."라고 했다. 그때 관상을 잘 보는 어떤 사람이 순에게 "그대는 붉은 기운이 얼굴에 있으니 뒤에 반드시 귀하게 되어 천종록을 누릴 것이다. 마땅히 기다려 좋은 값에 팔라."라고 말했다.

　진나라 후주 때에 좋은 집의 자식들을 주객원외랑으로 임명했다. 당시 임금이 순의 사람됨을 남다르게 여겨, 장차 순을 크게 쓸 뜻이 있었다. 그리하여 금으로 사발을 덮어 순을 선발해 광록대부 예빈경에 임명하고 작을 올려 공으로 삼았다. 무릇 임금과 신하들이 회의를 할 때마다, 임금이 반드시 순으로 하여금 그것을 짐작하도록 했다. 순이 나아가고 물러나고 응대하는 것이 조용히 뜻에 맞으니, 임금이 순의 의견을 널리 수용하면서, "경이 말하는 것은 모두 곧고 맑아, 내 마음을 열어 주고 내 마음을 풍부하게 해 주는구려."라고 했다. 순이 권력을 잡은 뒤 어진 사람과 사귀고 손님을 접대하고 늙은 사람들에게 음식을 주었으며, 귀신에게 제사 지내고 종묘에 제사 지낼 것을 강력하게 주장했다.

임금이 저녁에 연회를 베풀면서 순과 궁인들만 참석하게 하고, 비록 가까운 신하라도 참석하지 못하게 했다. 이로부터 임금이 주사에 빠지고 정치를 돌보지 않았다. 그러자 순은 입을 닫고 말을 하지 않았다. 그리하여 예법을 아는 선비들이 순을 원수처럼 미워했지만, 임금이 매번 순을 보호했다. 순이 세금을 거두는 것을 좋아하고 재산을 모으는 데 힘을 쓰니, 당시의 여론들이 순을 비천하다고 했다. 임금이 순에게 "그대는 어떤 버릇이 있는가?"라고 물으니, 순은 "옛날에 두예는 『좌전』에 심취하는 버릇이 있었고, 왕제는 말[馬]에 몰두하는 버릇이 있었으며, 저는 돈에 몰두하는 버릇이 있습니다."라고 대답했다. 임금이 크게 웃으면서 순을 더욱 마음에 두었다.

– 임춘, 「국순전(麴醇傳)」

**7. (가)에서 조선의 현실을 빗댄 표현을 찾아 쓰시오.**

**8. (가)를 바탕으로 <보기>의 빈칸에 알맞을 말을 쓰시오.**

<보기>

만세전은 '나'가 일본에서 조선으로 돌아오는 과정에서 보고 듣고 겪은 일들로 민족의 현실을 깨닫는 작품이다. 즉 여행의 성격과 구조를 사건의 구성으로 활용한 ( ㉠ ) 소설이라고 할 수 있다.

9. (나)를 바탕으로 <보기>의 빈칸을 채우시오.

<보기>

국순전은 술을 의인화한 (  ㉠  ) 소설이다. 이 작품에서는 술의 (  ㉡  )을 드러내어 바람직한 신하의 도리와 올바른 인재 등용 방식의 필요성을 말하고 있다.

10. 검은 공 2개와 파란 공 5개가 들어 있는 주머니에서 임의로 공 2개를 동시에 꺼낼 때, 꺼낸 공의 색깔이 같을 확률을 구하시오.

11. 검은색 볼펜 a개와 빨간색 볼펜 3개를 넣은 필통에서 임의로 펜 한 개를 꺼내 펜 색깔을 확인하고 펜을 다시 필통에 넣는 시행을 8번 반복했다. 검은색 볼펜이 나온 횟수의 평균이 5회일 때, a의 값을 구하시오.

**12.** 실수 $x$ 에 대해 $3^{x+1}-3^x=a$, $2^{x+1}+2^x=b$ 일 때, $12^x$ 을 $a, b$ 를 이용해 나타낸 것은?

**13.** $\log_{\sqrt{3}} 2 + \log_3 \dfrac{\sqrt{3}}{4}$ 의 값을 구하시오.

**14.** 두 함수 $f(x) = x^3 + 3x^2 - k$, $g(x) = 2x^2 + 3x - 10$에 대하여 부등식 $f(x) \geq 3g(x)$가 닫힌 구간 $[-1, 4]$에서 항상 성립하도록 하는 실수 $k$의 최댓값을 구하시오.

**15.** 수직선 위를 움직이는 점 P의 시각 $t \, (t \geq 0)$에서의 위치 $x$가 $x = t^3 - 3t^2 + at \, (a$는 상수$)$이다. 점 P의 시각 $t = 3$에서의 속도가 15일 때, $a$의 값을 구하시오.

# 3회 가천대 논술 모의고사 정답

| 문항 | 정답 |
|---|---|
| 1 | 신화의 재연 |
| 2 | 신입생 선발, 공정성 |
| 3 | ㉠ 물음의 형식 ㉡ 인용 |
| 4 | 차뭬 |
| 5 | 그리움 |
| 6 | 임의 부재 |
| 7 | 공동묘지 |
| 8 | 여로형 소설 |
| 9 | ㉠ 가전체 ㉡ 양면성 |
| 10 | $\dfrac{11}{21}$ |
| 11 | 5 |
| 12 | $= \dfrac{ab^2}{18}$ |
| 13 | $\dfrac{1}{2}$ |
| 14 | 3 |
| 15 | 6 |

【 정답 풀이 】

1. 5문단을 통해, 엘리아데는 제의를 통한 신화의 재연을 통해 성스러움을 회복할 수 있다고 보았음을 알 수 있다.

2. 면접관은 신입생 선발을 위해 학생과 면접을 진행하고 있다. 이러한 공적 대화에서는 학생을 판단할 때, 어느 한 사람에게만 치우치지 않는 공정성이 확보되어야 한다.

3. 2문단에서 물음의 형식으로 우리나라 사람들의 '빨리빨리' 문화에 대한 독자의 주의를 환기하고, '빨리빨리' 문화에 대한 외국인들의 평가를 인용하고 있다.

4. 'ㅚ'를 이중 모음으로 발음할 때는 반모음 '[w]'와 'ㅔ' 소리를 연속하여 발음하며 이 소리는 'ㅞ'의 발음에 해당한다. 따라서 빈칸에 들어갈 발음으로 적절한 것은 [차뭬]이다

5. (가)는 해당화가 피기 전에 돌아오겠다던 기약을 어긴 임에 대한 그리움을 노래하고 (나)는 긴 겨울이 지나 봄이 오면 재회할 임에 대한 그리움을 노래하고 있다.

6. (가)는 부재 중인 임이 돌아올 것에 대한 기대담과 불안감을, (나)는 임이 부재한 현실에서 임과 함께할 미래를 그리며 기대감을 드러낸다.

7. 작품에서 공동묘지는 '나'가 삶의 생기를 읽어버린 식민지의 노예적 인물들과 그러한 삶을 만들어가는 분위기에 저항하지 못하는 조선의 현실을 인식하여 자조적으로 표현한 말이다.

8. 만세전은 9장으로 구성되어 각 장이 여행 과정의 한 장면으로 된 여로형 소설이다.

9. 국순전은 사물을 의인화해 인간사를 우회적으로 다루는 문체로 쓰여진 가전체 소설의 효시이며, 술의 긍정적 기능과 부정적 기능을 제시하여 방탕한 임금과 간신에 대한 비판을 드러내고 있다.

10. 검은 공 2개를 꺼냈을 경우를 A, 파란 색일 경우 B라고 가정하면 $P(A \cup B) = P(A) + P(B) = \dfrac{_2C_2}{_7C_2} + \dfrac{_5C_2}{_7C_2} = \dfrac{1}{21} + \dfrac{10}{21} = \dfrac{11}{21}$

11. 펜 한 개를 꺼낼 때 검은 펜이 나올 확률은 $\dfrac{a}{a+3}$, 8번의 시행에서 검은펜이 나온 횟수를 확률 변수 X라고 하면 X는 이항분포 $B(8, \dfrac{a}{a+3})$

여기서 $E(X) = 5$, $8 \times \dfrac{a}{a+3} = 5$, $a = 5$

12. $3^{x+1} - 3^x = 2 \cdot 3^x = a \qquad \therefore \ 3^x = \dfrac{a}{2}$

$2^{x+1} + 2^x = 3 \cdot 2^x = b \qquad \therefore \ 2^x = \dfrac{b}{3}$

$\therefore \quad 12^x = 2^{2x} \times 3^x = \dfrac{ab^2}{18}$

13. $\log_{\sqrt{3}} 2 + \log_3 \dfrac{\sqrt{3}}{4} = \log_3 \sqrt{3} = \dfrac{1}{2}$

14. $h(x) = f(x) - 3g(x)$라 하면 $h(x) = x^3 - 3x^2 - 9x + 30 - k$ 이고, 닫힌 구간 $[-1, \ 4]$에서 $f(x) \geq 3g(x)$ 이므로 $h(x) \geq 0$ 이어야 한다.

이때, $h'(x) = 3x^2 - 6x - 9 = 3(x+1)(x-3)$ 이므로 닫힌 구간 $[-1, \ 4]$에서 함수 $h(x)$의 증가, 감소를 조사하면 함수 $h(x)$는 $x = 3$에서 극소이면서 최소임을 알 수 있다. 즉, 닫힌 구간 $[-1, \ 4]$에서 함수 $h(x)$의 최솟값은 $h(3) = 3 - k$ 이므로 닫힌 구간 $[-1, \ 4]$에서 $h(x) \geq 0$ 이려면 $3 - k \geq 0$즉, $k \leq 3$ 이어야 한다.

따라서 구하는 $k$의 최댓값은 $3$

15. 점 P의 시각 $t \ (t \geq 0)$에서 속도 $v(t)$는 $v(t) = 3t^2 - 6t + a \ v(3) = 3 \times 3^2 - 6 \times 3 + a = 15$

따라서 $a = 6$

2022학년도 대입 논술 전형

# 약술형 논술고사

성명 :

수험번호 :

지원학과 :

소속 고등학교 :

## 【답안 작성 시 유의사항】

· 시험 시간은 80분입니다.

· 휴대폰, 전자계산기 등의 전자기기는 소지할 수 없습니다.

· 성명, 수험번호, 지원학과, 소속 고등학교명을 반드시 기입하십시오.

· 답안 작성은 답안지에 연필 또는 검은색 펜으로 명확하게 작성하십시오.

· 시험이 종료될 때까지 퇴실할 수 없습니다.

# 가천대 논술 모의고사 4회 [인문계열]

## ※ 다음 글을 읽고 물음에 답하시오.

투명한 유리창은 외부의 빛을 거의 그대로 통과시키기 때문에 강렬한 여름 햇살이 유리창을 통과해서 실내로 들어오는 경우, 실내의 온도가 점점 올라간다. 이를 방지하기 위해 일반적으로 이용되는 방법이 커튼을 이용해서 실내로 들어오는 빛을 차단하는 것이다. 그런데 커튼에 의해 흡수된 빛은 커튼의 온도를 올리고 이는 다시 방의 온도를 상승시키므로, 방 전체의 열 출입이라는 관점에서 보면 빛 차단의 효과는 제한적이다. 이를 보완하기 위해서 커튼 역할을 하는 유리창의 필요성을 생각해 볼 수 있다. 그러나 빛을 계속해서 차단하는 유리창은 유리창 본래의 역할을 수행할 수 없기 때문에 투명 상태와 불투명 상태 사이에서 자유롭게 변환이 가능한 조광 유리가 고안되었다.

조광 유리를 만드는 방법 중 가장 많이 사용되는 것은 전기적 변환 방식인데, 2장의 투명 전극 사이를 용액으로 채우고 전압을 가해 용액의 색을 변환시키는 용액형 방식이 대표적이다. 이 방식의 기본 원리는 전자를 받았을 때와 전자를 내주었을 때 광학적 성질이 달라져서 색이 변화하는 물질을 이용하는 것이다. 투명 전극 사이에 채워진 용액에는 각각 환원 착색제와 산화 착색제 역할을 하는 두 가지 종류의 물질이 용해되어 있다. 전압이 가해지지 않은 상태에서 환원 착색제와 산화 착색제는 모두 투명한 상태로 유지된다. 하지만 2장의 투명 전극에 전압을 가하면 음극에서 양극으로 전자가 이동하면서, 여분의 전자를 받은 환원 착색제와 전자를 빼앗긴 산화 착색제가 초록색과 빨간색 계열 빛의 대부분을 흡수한다. 이때 푸른색 빛의 일부만이 유리를 통과하게 되면서 유리는 푸른색을 띤 불투명한 상태가 된다.

전기적 변환 방식으로 제작한 조광 유리를 실제 건물에 설치하면, 일반 투명 유리를 설치한 건물에 비해 냉방에 드는 에너지를 30% 이상 절감할 수 있다. 또한 조광 유리에서는 전압의 세기와 투명도가 반비례하기 때문에 전압의 세기를 달리하여 원하는 만큼 투명도를 조절할 수 있다. 그러나 복잡한 구조로 인해 제작 및 유지 비용이 많이 들기 때문에 에너지 절약으로 인한 비용 절감 효과가 상쇄되어 비경제적이라는 점, 유리가 클수록 투명 상태와 불투명 상태 간의 전환에 걸리는 시간이 길다는 점이 한계로 지적된다. 그리고 이 방식에 의한 조광 유리는 외부에서 유입되는 대부분의 빛을 흡수하기 때문에 불투명화에 사용되는 용액의 온도가 상승하게 되고, 그것이 실내 열로 다시 방사되는 단점도 있다.

그렇다면 유리창이 거울의 기능을 갖도록 하여 빛을 반사시킴으로써 실내로 유입되는 열을 크게 줄일 수 있지 않을까? 이러한 과제와 관련하여 가장 활발히 연구되는 방식이 수소 가스를 주로 이용하는 가스 변환 방식이다. 기존의 가스 변환 방식은 2장의 유리 사이의 공간에 수소 가스를 충전하여 유리의 상태를 변환시키는 방식으로, 유리 2장의 두께로 인해 활용에 제약이 있었다. 하지만 새로운 가스 변환 방식에서는 1장의 유리 표면에 마그네슘과 이트륨이 혼합된 두께 약 40nm 정도의 박막을 입히고, 여기에 다시 수소의 흡수와 탈착을 촉진하는 촉매의 역할을 하며 수분으로 인해 발생할 수 있는 박막의 산화를 막는 팔라듐 박막을 입힌 다음, 얇은 투명 시트를 덧씌운다. 마그네슘과 이트륨의 혼합 박막은 불투명한 금속 상태에서 거울의 기능을 하여 빛을 반사하는 역할을 한다. 유리 표면의 박막과 얇은 투명 시트 사이에는 평균 0.1mm 정도의 간격이 있는데, 이 틈새에 공기 중의 수분을 전기 분해함으로써 발생된 수소 가스가 차면 혼합 박막이 투명해진다. 그리고 수소 가스 공급이 중단되면 혼합 박막과 투명 시트 사이의 수소가 대기 중의 산소와 반응하여 수증기가 되어 빠져나가기 때문에 혼합 박막은 불투명한 상태로 돌아간다. 이 조광 유리는 공기 중의 수분을 이용하여 발생시킨 소량의 수소만으로도 상태의 전환이 가능하기에 제작 및 유지 비용이 적어 전기적 변환 방식에 비해 경제적이며, 자동차 유리와 같은 실용적 분야에서 다양하게 활용될 수 있을 것으로 기대되고 있다.

**1. 윗글을 바탕으로 <보기>의 빈칸을 채우시오.**

<보기>

윗글에서는 조광 유리를 만드는 방법으로 전기적 변환 방식과 가스 변환 방식을 제시하고 있다. 여기서 전기적 변환 방식으로 제작한 조광 유리의 ( ㉠ )와 ( ㉡ )을 설명하고, 가스 변환 방식의 ( ㉢ )와 ( ㉣ )을 밝히고 있다.

**※ 다음 글을 읽고 물음에 답하시오.**

안녕하세요. 저는 ○○고 78기 학생회장 김△△입니다.

어제 방과 후에 급식의 질 개선을 위한 저희 학생회 임원들과 학교 측의 면담이 있었습니다. 면담 중에 영양 선생님으로부터 다소 충격적인 내용을 듣고, 저희 임원들은 문제의식을 공유하면서 학생회가 기획한 활동에 함께해 줄 것을 당부하기 위해 이곳에 글을 올립니다.

우리가 점심시간마다 배출하는 잔반의 양이 어느 정도인지 아는 학생이 있나요? 영양 선생님 말씀에 의하면 우리 학교에서는 매일 평균 200kg 정도의 잔반이 발생한다고 합니다. 그리고 잔반 처리를 위해 한 달에 평균 80만 원가량의 적지 않은 비용을 지출한다고 합니다. 영양 선생님께서는 그 금액이면 학생들에게 더 나은 음식과 간식을 제공할 수 있을 거라며 안타까워하셨습니다. 더구나 그 잔반들이 재활용되지 않고 매립되는 경우가 많다고 하니, 의도치 않게 우리는 그동안 환경 오염의 원인을 제공하고 있었던 것입니다.

물론 학생들이 좋아하는 메뉴만 제공한다면 음식을 남기지 않을 것이라고 생각하는 학생들도 있을 것입니다. 또 학생 스스로 반찬을 담을 수 있도록 자율 배식을 하면 학생들이 잘 먹지 않는 반찬이 버려지는 문제도 해결될 것으로 생각하는 학생들도 있을 것입니다. 어제 면담에서 이런 의견을 전한 학생회 임원이 있었는데, 이런 방안들에 대해 영양 선생님께서는 영양의 불균형을 초래할 수 있어서 실행하기 어렵다고 하셨습니다. 다만 학생들의 선호도가 낮은 나물, 김치류는 자율 배식으로 할 수 있다고 하셨습니다.

저는 잔반이 많이 발생하는 이유가 좋아하지 않는 음식을 먹지 않기 때문이 아니라 스스로 음식량을 조절하지 못하기 때문이라고 생각합니다. 자신이 먹을 수 있는 양을 헤아리지 않고 많은 양을 달라고 요구하기 때문에 잔반이 생기는 것이죠. 당장 배고프다는 생각에 무조건 많이 받기보다는 평소 자신의 식사량을 감안하여 자기가 먹을 수 있을 만큼만 받는 습관을 길렀으면 합니다.

우리 학생회에서는 다음 주부터 잔반 줄이기 캠페인을 벌이기로 하였습니다. 학생들의 인식 개선을 위해서 '음식물 남기지 않기'와 관련한 포스터를 제작하여 급식실 곳곳에 부착하는 한편, 학생회 임원들을 중심으로 캠페인 피켓을 들고 급식 대기 줄에서 홍보 활동을 하기로 하였습니다.

또 일주일에 하루는 학생들이 선호하는 음식을 위주로 하여 '도전, 잔반 없는 날!' 이벤트를 진행하려고 합니다. 그리고 학교 측과 협의하여 매달 환경 사랑 우수 학급을 선정하여 시상하기로 하였습니다. 음식물을 남기지 않은 학생에게 '잔반 제로 코인'을 배부하고, 이를 학급별로 저축을 한 후 매달 일정 수 이상의 코인을 모은 학급에 상품을 주는 것입니다.

 환경 보호와 급식의 질 개선이라는 일석이조의 효과가 있는 잔반 줄이기 캠페인에 적극적으로 동참해 주시기를 바랍니다.

2. 윗글을 바탕으로 <보기>의 빈칸을 채우시오.

<보기>

 윗글은 학생회에서 추진하는 (   ㉠   )을 홍보하고 그에 (   ㉡   )할 것을 요청하기 위한 목적으로 쓰였다.

※  다음 글을 읽고 물음에 답하시오.

 교장 선생님, 안녕하세요? 저는 프랑스어 동아리 '봉주르'의 부장 ○○○입니다. 항상 학생들의 학력 향상과 건강하고 즐거운 학교생활을 위해 힘써 주셔서 감사드립니다. 제가 이렇게 글을 쓰게 된 것은 프랑스어 수업을 듣고 싶어 하는 학생들을 대표해서 내년 프랑스어 과목 개설을 건의드리기 위해서입니다.

 현재 우리 학교에서 선택 가능한 제2 외국어 과목은 일본어, 중국어입니다. 이 두 과목을 배우는 것도 필요하지만, 세계화 시대에 맞춰 다양한 외국어 학습에 대한 수요가 있기 때문에 외국어 과목의 수강 선택권 확대가 필요하다고 생각합니다. 특히 제가 과목 개설을 건의드리는 프랑스어 과목은 패션 디자이너, 제빵사, 와인 전문가, 프랑스 여행 전문가 등 프랑스어를 기반으로 하는 진로를 꿈꾸는 학생들이 원하는 과목입니다. 하지만 현재 우리 학교에는 프랑스어 과목이 개설되지 않아 해당 진로와 관련된 경험을 할 수 없어 아쉬운 상황입니다. 담임 선생님과의 진로 상담 때 프랑스어 과목이 있으면 좋겠다고 말씀드렸는데, 프랑스어 과목을 원하는 학생들의 수가 일정 기준 이상이 되어야 수업을 운영할 수 있다는 답변을 들었습니다.

최근 프랑스어 동아리에서 조사한 바에 따르면, 프랑스어 과목 수강을 희망하는 학생은 프랑스어 동아리원인 20명 이외에도 다수가 있어 내년에 과목이 개설되기만 하면 개설에 필요한 인원을 충분히 채울 수 있을 것입니다.

물론 프랑스어 과목은 대학에 진학하여 배울 수도 있고 독학으로 공부할 수도 있지만, 학생들이 희망하는 진로에 도움이 될 수 있는 과목을 고등학교에서 먼저 배울 수 있다면 학생들에게 큰 도움이 될 것입니다. 그리고 우리 학교에 프랑스어 과목이 개설된다면 학생의 진로 선택과 관련하여 학생의 수업권을 다양하게 보장해 주는 학교로 알려져 우리 학교에 대한 인근 중학생들의 선호도가 높아질 것이라고 기대합니다.

긴 글 읽어 주서서 감사합니다.

-2021년 △월 △△일 ○○○ 올림.

**3. 윗글을 바탕으로 <보기>의 빈칸을 채우시오.**

<보기>

위 건의문에서는 프랑스 과목의 개설로 인해 학생의 ( ㉠ )을 보장하는 학교라는 인식이 생겨나 인근 중학생들에게 우리 학교의 ( ㉡ )가 높아질 것이라고 보고 있다.

※ 다음 <보기>를 읽고 물음에 답하시오.

---

<보기>

현대 국어에서 발견되는 몇몇 특이한 말들은 중세 국어에 관한 정보로 설명할 수 있기도 하다. 예컨대, '좁쌀'에 나타나는 'ㅂ'은 '쌀'의 중세 국어 형태인 'ㅂ'의 (          ) 'ㅄ'으로부터의 흔적이 남아 있는 것으로 설명할 수 있다.

---

**4. 윗글 <보기>의 빈칸에 들어갈 말을 쓰시오.**

※ 다음 글을 읽고 물음에 답하시오.

---

**(가)**

우리 집도 아니고

일갓집도 아닌 집

고향은 더욱 아닌 곳에서

아버지의 침상없는 최후 최후의 밤은

풀벌레 소리 가득 차 있었다


노령을 다니면서까지

애써 자래운 아들과 딸에게

한마디 남겨 두는 말도 없었고

아무을만의 파선도

설룽한 니코리스크의 밤고 완전히 잊으셨다

목침을 반듯이 벤 채

---

다시 뜨시잖는 두 눈에
피지 못한 꿈의 꽃봉오리가 가라앉고
얼음장에 누우신 듯 손발은 식어 갈 뿐
입술은 심장의 영원한 정지를 가리켰다
때늦은 의원이 아모 말 없이 돌아간 뒤
이웃 늙은이 손으로
눈빛 미명은 고요히
낯을 덮었다

우리는 머리맡에 엎디어
있는 대로의 울음을 다아 울었고
아버지의 침상 없는 최후 최후의 밤은
풀벌레 소리 가득 차 있었다

- 이용악, 「풀벌레 소리 가득 차 있었다」

**(나)**

| 公無渡河 | 임아 물을 건너지 마오 |
| 公竟渡河 | 임은 기어이 물을 건너시네 |
| 墮河而死 | 물에 빠져 돌아가시니 |
| 當奈公何 | 이제 임을 어이할꼬 |

- 백수 광부의 아내, 「공무도하가)」

**5. 윗글 (가), (나)의 시적 대상이 처한 공통된 상황을 쓰시오.**

**※ 다음 글을 읽고 물음에 답하시오.**

(가)

소년이 책 나부랭이를 챙겨 가지고 나온다.

부러진 연필 토막이 희미한 남포 불빛을 받아 눈에 띈다. 그는 비틀거리면서 허리를 굽히고 방 안으로 들어선다. 어둡고 냄새가 고약하다. 소년이 불을 가지고 방으로 들어와 벽 중간께에 있는 못에다가 건다. 호야가 양철에 부딪치면서 소리를 낸다. 소년이 나간다. 그는 불 건너편 벽에 기대앉아서 담배를 피워 문다. 연기를 내뿜는다. 불꽃이 한참 있다가 흔들린다.

소년이 침구를 안고 다시 들어온다. 그리고 그것을 편다. 일어설 때 보니 가슴에 훈장이 달려 있다. 그는 그를 가까이 불러서 그 훈장을 들여다본다. 둥근 바탕에 가로로 5년 2반이라 씌어 있고 그것을 가로질러서 세로로 반장이라 씌어 있다. 조잡한 비닐 제품이다.

"너 공부 잘하는구나."

"예. 접때두 일등 했어요."

아, 이건 뻔뻔스럽구나, 못생기고 남루한 옷을 입은 주제에.

"여기가 너희 집이냐?"

"아녜요. 여긴 이모부 댁이에요. 저의 집은요, 월출리예요. 여기서 삼십 리나 들어가요."

가난한 대학생. 덜커덩거리는 밤의 전차. 피곤한 승객들. 목쉰 경적 소리. 종점에 닿으면 전차는 앞뒤 아가리를 벌리고 사람들을 뱉어 낸다. 사람들은 어둠 속으로 빠져 들어간다. 초라한 길가 상점들의 희미한 불빛들이 그들을 건져 낸다. 그들은 고개들을 가슴에 묻고 조금씩 다시 어둠 속으로 사라져 간다. 그리고 은밀히 하나씩 둘씩 골목들 속으로 자취를 감춘다. 가난한 대학생 앞에 대문이 나타난다. 그는 그 앞에 선다. 뒤를 돌아본다. 그리고 망설인다. 아, 이럴 때 꽝꽝 두드릴 수 있는 대문이 있다면 얼마나 좋으랴! 그는 주먹을 편다. 편 손바닥으로 대문을 어루만지듯 흔든다. 또 흔든다. 고무신짝 끄는 소리가 들려온다. 식모의 고무신짝은 겸손하게 소리를 낸다. 그는 안심한다. 안심이 배 속으로 쑥 가라앉는다.

"학곤 여기서 다니냐?"

그는 눈을 게슴츠레하게 뜬다. 심지를 줄인 남폿불이 눈앞에서 가물거리고 있을 뿐 소년은 보이지 않는다. 방바닥이 뜨뜻하다. 술이 점점 더 취해 오른다. 그는 옷을 입은 채 허리를 굽히고 손발을 이부자리 밑으로 쑤셔 넣는다. 넥타이를 풀어야지. 그러면서 그는 눈을 감는다.

"일등을 했다구? 좋은 일이다. 열심히 공부해라. 기회는 얼마든지 있다. 미국, 영국, 불란서 어디든지 갈 수 있다. 내 돈 한 푼 안 들이고 나랏돈이나 남의 돈으로 얼마든지 공부할 수 있다. 돈 없는 건 걱정할 필요가 없다. 흔한 것이 장학금이다. 머리와 노력만 있으면 된다. 부지런히 공부해라, 부지런히. 자신을 가지고."

그러나 그의 말을 듣고 있는 사람은 아무도 없다. 또 알아들을 수도 없다.

그는 입을 다물고 흥얼거렸다. 그 말이 끝나자 그의 머릿속에는 몽롱한 가운데에 하나의 천재가 열등생으로 변모해 가는 과정들이 하나씩 떠오른다. 너는 아마도 너희 학교의 천재일 테지. 중학교에 가선 수재가 되고, 고등학교에 가선 우등생이 된다. 대학에 가선 보통이다가 차츰 열등생이 되어서 세상으로 나온다. 결국이 열등생이 되기 위해서 꾸준히 고생해 온 셈이다. 차라리 천재이었을 때 삼십 리 산골짝으로 들어가서 땔 나무꾼이 되었던 것이 훨씬 더 나았다. 천재라고 하는 화려한 단어가 결국 촌놈들의 무식한 소견에서 나온 허사였음이 드러나는 것을 보는 것은 결코 즐거운 일이 못 된다. 그들은 천재가 가난과 끈질긴 싸움을 하다가 어느 날 문득 열등생이 되어 버린다는 사실을 몰랐다.

㉠누구나가 다 템스강에 불을 처지를 수야 없는 일이다. 허옇게 색이 바랜 짧은 바지를 입고 읍내까지 몇십 리를 걸어서 통학하는 중학생. 많은 동정과 약간의 찬탄. 이모 집이나 고모 집이 아니면 삼촌이나 사촌네 집을 전전하면서 고픈 배를 졸라매고 낡고 무거운 구식의 커다란 가죽 가방을 옆구리에다 끼고 다가오는 학기의 등록금을 골똘히 생각하며 밤늦게 도서관으로부터 돌아오는 핏기 없는 대학생. 그러다 보면 천재는 간 곳이 없고, 비굴하고 피곤하고 오만한 낙오자가 남는다. 그는 출세할 일이라면 무엇이든지 할 준비가 되어 있다. 어떠한 것도 주임 교수의 인정을 받는 일보다 더 중요하지 않다. 외국에 가는 기회는 단 하나도 그의 시도를 받지 않고 지나치는 법이 없다. 따라서 그가 성공할 확률은 대단히 높다. 많은 것들 중에서 어느 하나만 적중하면 된다. 그런데 문제는 적중하느냐 않느냐가 아니라 적중하건 안 하건 간에 아무런 차이가 없다는 데에 있다. 적중하건 안 하건 간에 그는 그가 처음 출발할 때에 도달하게 되리라고 생각했던 곳으로부터 사뭇 멀리 떨어져 있는 곳에 와 있음을 깨닫는다. 아 - 되찾을 수 없는 것의 상실임이여!

- 서정인, 「강」

(나)

설씨녀는 율리(栗里)의 평민 여성이다. 비록 한미하고 고단한 집안이지만, 용모가 단정하고 마음과 행실이 의젓하였다. 보는 이들이 그 아름다움에 반하지 않는 이가 없었지만, 감히 범접하지 못하였다. 진평왕 때에 그 아버지의 나이가 많은데도 정곡에서 수자리 살 차례가 되었는데, 딸은 아버지가 노쇠하고 병들었으므로 차마 멀리 떠나보낼 수 없고, 또 여자의 몸이라 대신해 갈 수도 없어, 극심하게 번민하기만 하였다. 이때 사량부의 젊은이 가실이 비록 가난하고 궁핍하나 마음가짐은 곧은 남자로서, 일찍부터 마음속으로 설씨녀의 아름다움을 좋아하면서도 감히 말하지 못하였다. 설씨녀가 아버지가 늙어 종군하게 된 일을 근심한다는 말을 듣고 가서 말하기를 "내가 한낱 용렬한 남자이지만 일찍부터 의지와 기개로써 자처하여 왔으니, 불초한 몸으로 아버님 일을 대신하기를 원한다."라고 하였다. 설씨녀가 매우 기뻐하여 들어가 아버지에게 고하였다.

  아버지가 이끌어 말하기를 "그대가 이 노인을 대신하여 가려 한다 하니 기쁘고도 송구스러운 마음 금할 수가 없다. 무엇으로 갚을까 생각하는데, 만일 그대가 나의 어린 딸을 어리석고 누추하다 하여 버리지 않는다면 아내로 삼아 그대를 받들게 하고 싶다."라고 하니, 가실이 두 번 절하고 "감히 청할 수 없는 일이거늘, 진정으로 바라는 바입니다."라고 하였다. 이에 가실이 물러 나와 혼인할 기약을 청하니 설씨녀가 말하기를 "혼인은 인간의 윤리라 창졸간에 이루어질 수 없습니다. 내가 마음으로 허락한 이상 죽어도 변하지는 않겠으니, 그대가 수자리 살러 갔다가 교대하여 돌아온 후에, 날을 받아 성례하여도 늦지 않겠습니다." 하고, ⓐ거울을 가져다 절반씩 나누어 각기 한 조각씩 가지며 말하기를 "이것으로 신표를 삼는 것이니 후일에 합하여 봅시다."라고 하였다. 가실은 말 한 필을 가지고 있었는데, 설씨녀에게 이르기를 "이것은 천하의 좋은 말이니, 후에 반드시 쓸 때가 있을 것이오. 지금 내가 간 뒤에 이 말을 기를 사람이 없으니 간직해 두었다가 소용이 되게 하시오." 하고 작별하고 떠났다.

  그런데 마침 나라에는 사유가 있어 군사들을 교대시키지 않았기 때문에 가실은 6년이 되도록 돌아오지 아니하였다. 아버지가 딸에게 이르기를 "처음에 3년으로 기약을 하였는데, 지금 기한이 넘었으니 다른 집으로 시집가야 하겠다."라고 하였다.

  설씨녀가 "예전에 아버지를 편안케 하기 위하여 가실과 굳게 약속하였고, 가실도 그 약속을 믿었기 때문에 종군하여 여러 해 동안 배고픔과 추위를 견디고 있습니다. 하물며 국경에 바싹 가 있어 손에 병기를 놓지 않고, 범의 아가리에 가까이 있는 것처럼 언제나 물릴까 두려워하고 있는데, 신의를 저버리고 식언하는 것이 어찌 인정이겠습니까? 아버지의 명령은 감히 끝까지 따르지 못하겠사오니 다시 말씀하지 마십시오."라고 하였다. 그러나 그 아버지는 자신이 늙고 딸이 장성했지만, 배필이 없다고 하여, 억지로 시집을 보내려 하여 비밀히 마을 사람과 혼인을 약속하였다. 이미 날을 정하여 그 사람을 맞아들이니, 설씨녀는 굳게 거절하고 몰래 도망하려고 하였으나 이루지 못하였다. 마구간에 가서 가실이 두고 간 말을 보고 크게 한숨 쉬고 눈물을 흘렸다. 이때 가실이 교대되어왔는데 뼈만 남도록 마르고 옷이 남루하여 집안사람들도 모르고 다른 사람이라고 하였다. 가실이 바로 앞에다 조개진 거울을 던지니, 설씨녀가 받아 가지고 소리 내어 울었으며, 아버지와 집안사람들도 모두 기뻐하였다. 마침내 다른 날을 정하여 혼인하고 일

생을 해로하였다.

- 작자 미상, 「설씨녀(薛氏女) 설화」

**6. (가)의 ㉠은 문맥상 어떠한 의미를 지니고 있는가.**

**7. (가)의 작품 제목인 '강'의 상징적 의미를 쓰시오.**

**8. (나)의 ㉠이 지닌 상징성이 무엇인지 쓰시오.**

**9. 윗글 (나)를 바탕으로 <보기>의 빈칸에 들어갈 말을 쓰시오.**

<보기>

설씨녀는 다른 사람과의 혼인을 권유하는 아버지의 명을 거부하고 수자리를 마치고 돌아온 가실과 혼인을 할 만큼 (          )를 중시하는 인물이다.

**10. 유철이와 소현이가 1, 2, 3, 4, 5, 6 중에서 서로 다른 두 수를 택할 때, 유철이가 택한 두 수의 곱과 소현이가 택한 두 수의 곱이 같도록 택하는 경우의 수를 구하시오. (두 사람이 택한 수 중에서 중복된 수가 있을 수 있다.)**

**11. 각기 다른 3종류의 커피 중에서 중복을 허락하여 n개의 커피를 주문하는 경우의 수가 55라면, n의 값은 얼마인가? (각 종류의 커피는 충분히 많고, 주문하지 않은 커피 종류가 있을 수 있다.)**

**12.** 함수 $f(x) = \lim\limits_{n \to \infty} \dfrac{x^{2n+4} + 2x}{x^{2n} + 1}$ 일 때, $f\left(\dfrac{1}{2}\right) + f(2)$ 의 값을 구하시오.

**13.** $\lim\limits_{x \to 1} \dfrac{(x-1)(x^2 + 3x + 7)}{x-1}$ 의 값을 구하시오.

**14.** $f(x) = x^3 - 3ax^2 + 3(a^2 - 1)x$의 **극댓값이** 4 **이고** $f(-2) > 0$**일 때,** $f(-1)$**의 값은?**
**(단,** $a$**는 상수이다.)**

**15.** $f(x) = 10x^2 + 12x$**에 대하여** $f'(5)$**의 값을 구하시오.**

# 4회 가천대 논술 모의고사 정답

| 문항 | 정답 |
|------|------|
| 1 | ㉠ 효과 ㉡ 단점<br>㉢ 원리 ㉣ 활용 가능성 |
| 2 | ㉠ 잔반 줄이기 캠페인 ㉡ 동참 |
| 3 | ㉠ 수업권 ㉡ 선호도 |
| 4 | 어두자음군 |
| 5 | (타자의) 죽음 |
| 6 | 누구나 자신의 꿈을 이룰 수 있는 것은 아님을 의미한다. |
| 7 | 소시민들의 삶이 제각기 애환을 지닌 채 강의 흐름처럼 덧없이 흘러감을 상징함. |
| 8 | 가실과 설씨녀의 사랑의 징표이자 행복한 결말을 위한 신표 |
| 9 | 신의(信義) |
| 10 | 17가지 |
| 11 | 9 |
| 12 | 17 |
| 13 | 11 |
| 14 | 2 |
| 15 | 112 |

【 정답 풀이 】

1. 이 글은 투명 상태와 불투명 상태 사이에서 자유롭게 변환이 가능한 조광 유리를 만드는 방법을 설명하고 있다. 3문단에서는 전기적 변환 방식으로 제작한 조광 유리의 효과와 단점, 문단에서는 가스 변환 방식의 원리와 활용 가능성을 제시하고 있다.

2. 이 글은 학생회에서 추진하는 잔반 줄이기 캠페인을 홍보하고, 캠페인에 동참할 것을 요청하기 위한 목적으로 쓰였다.

3. 해당 건의문에서는 프랑스어 과목이 개설되면 학생의 수업권을 다양하게 보장해 주는 학교로 알려져 인근 중학생들에게 학교 선호도가 높아질 것이라고로 예상하고 있다.

4. 단어의 첫머리에 오는 둘 또는 그 이상의 자음의 연속체인 어두자음군을 말한다. 중세 국어에서 어두 자음군은 'ㅂ계(ㅂㄷ, ㅳ, ㅄ, ㅶ)'와 'ㅄ계(ㅴ, ㅵ)', 'ㅅ계(ㅺ, ㅼ, ㅻ)' 자음군 등 세 계열이 존재한다.

5. (가)의 시적 대상인 아버지는 침상 없는 타향에서 죽음을 맞이하고 있다. (나)의 시적 대상인 임의 물을 건너 죽음을 맞이하는 상황이 드러나 있다.

6. ㉠의 사전적 의미는 '세상을 놀라게 할 만큼 대단한 일을 하다'지만, 작중에서는 문맥상 누구나 자신의 꿈을 이룰 수 있는 것은 아님을 강조한 표현이다.

7. 작중 배경에서는 강이 등장하지 않지만, 작품에서는 강처럼 흘러가는 우리네 삶의 모습을 암시하기 위해 제목을 강으로 설정하고 있다.

8. 작품에서 거울은 설씨녀와 가실이 훗날 증거가 되게 하려고 서로 주고받은 신물이다.

9. 설씨녀는 서로 간 믿음과 의리를 아울러 이르는 신의를 중시하는 인물로 그려진다.

10. 유철이와 소현이가 뽑은 두수가 서로 같은 경우를 $_6C_2=15$

유철이와 소현이가 뽑은 두수가 서로 다를 때 유철=2,6 소현=3,4 유철=3,4 소현=2,6

2가지(2+15) = 17가지

11. 서로 다른 종류의 커피 중에서 중복을 허락하여 $n$개의 커피를 주문하는 경우의 수는 서로 다른 3개에서 $n$개를 택하는 중복조합의 수와 같다.

$$_3H_n =\,_{3+n-1}C_n =\,_{n+2}C_n =\,_{n+2}C_2 = \frac{(n+2)(n+1)}{2 \times 1}$$

**따라서** $\dfrac{(n+2)(n+1)}{2} = 55$

$n^2 + 3n - 108 = 0$, $(n+12)(n-9) = 0$

$n$은 자연수이므로 $n = 9$

12. **(i)** $|x| < 1$일 때, $f(x) = \lim\limits_{n \to \infty} \dfrac{x^{2n+4} + 2x}{x^{2n}+1} = 2x$

**(ii)** $|x| > 1$일 때, $f(x) = \lim\limits_{n \to \infty} \dfrac{x^4 + \dfrac{2}{x^{2n-1}}}{1 + \dfrac{1}{x^{2n}}} = \dfrac{x^4 + 0}{1 + 0} = x^4$

**따라서** $f\left(\dfrac{1}{2}\right) + f(2) = 1 + 16 = 17$

13. **(주어진 식)** $= \lim\limits_{x \to 1}(x^2 + 3x + 7)$

$\qquad\qquad = 1 + 3 + 7$

$\qquad\qquad = 11$

14. $f'(x) = 3x^2 - 6ax + 3(a^2-1) = (3x - (3a+3))(x-(a-1))$

**즉** $x = a-1$일 때 극댓값 4를 갖는다. $f(-2) > 0$이므로 $f(-2) = -6a^2 - 12a - 2$,

$3a^2 + 6a + 1 < 0$이 된다. $\dfrac{-3-\sqrt{6}}{3} < a < \dfrac{-3+\sqrt{6}}{3}$ 이므로 $a < 0$이다.

$f(a-1) = (a-1)^3 - 3a(a-1)^2 + 3(a^2-1)(a-1)$
$\qquad\quad = (a-1)^2(a+2) = 4$

**정리하면** $a^3 - 3a + 2 = 4$ , $a^2 - 3a - 2 = (a+1)^2(a-2) = 0$**이다.** $\therefore a = -1 \,(a < 0)$

**그러므로** $f(x) = x^3 + 3x^2$

$f(-1) = 2$

**15.** $f(x) = 10x^2 + 12x$ **에서** $f'(x) = 20x + 12$

**따라서** $f'(5) = 100 + 12 = 112$

2022학년도 대입 논술 전형

# 약술형 논술고사

성명 :

수험번호 :

지원학과 :

소속 고등학교 :

## 【답안 작성 시 유의사항】

· 시험 시간은 80분입니다.

· 휴대폰, 전자계산기 등의 전자기기는 소지할 수 없습니다.

· 성명, 수험번호, 지원학과, 소속 고등학교명을 반드시 기입하십시오.

· 답안 작성은 답안지에 연필 또는 검은색 펜으로 명확하게 작성하십시오.

· 시험이 종료될 때까지 퇴실할 수 없습니다.

# 가천대 논술 모의고사 5회 [인문계열]

## ※ 다음 글을 읽고 물음에 답하시오.

한 가지 상품의 경우 수요와 공급이 균형을 이루는 지점에서 가격과 균형 거래량이 결정된다. 이것을 나라 전체의 모든 상품으로 확대해 보면 총수요는 모든 경제 주체들이 사려는 재화와 용역의 합이고, 총공급은 모든 경제 주체들이 팔려고 하는 재화와 용역의 합이 된다. 총공급이 총수요를 초과하면 재고의 증가로 생산이 둔화되지만, 총수요가 총공급을 초과하면 초과된 수요를 충족하기 위해 생산이 활발해지게 된다. 그 결과 국민 소득도 총수요와 총공급이 균형을 이루는 지점에서 결정된다.

외부와 무역을 하지 않는 폐쇄된 생산물 시장을 가정하면, 총수요는 소비와 투자, 정부 지출로 이루어진다. 거시 경제학에서 말하는 투자란 기업이 생산 능력을 향상시키기 위해 생산 설비 등의 자본재를 구입하는 것을 의미한다. 기업이 투자를 하는 이유는 장래에 일정한 수익이 나올 것으로 기대되기 때문이다. 그래서 예상 수익과 투자 비용을 비교하여, 투자 여부와 투자 규모를 결정한다. 기업이 투자를 결정할 때 큰 영향을 미치는 것이 바로 이자율이다. 기업이 은행에서 차입하여 투자를 하는 경우 이자율이 높아지면 이자 부담이 커지므로 투자 비용이 증가하게 되고, 이는 투자의 감소로 이어지기 때문이다.

한편 이자율은 투자로부터 발생하는 예상 수익의 현재 가치에도 영향을 미친다. 예를 들어 1년 뒤에 100만 원의 수익을 낳는 투자 안이 있다고 하자. 이때 이자율이 연 10%라면 현재의 100만 원은 1년 뒤의 110만 원과 같다. 즉 이것을 현재 가치로 환산하면 90.9만 원(100만 원/1.1)이다. 이자율이 연 20%로 상승하였다면 현재 가치는 83.3만 원(100만 원/1.2)으로 작아진다. 기업에서는 현재 가치가 큰 안을 택하는 것이 합리적이므로, 기업이 은행으로부터 차입을 하지 않더라도 이자율이 높아지면 예상 수익의 현재 가치가 작아지므로 투자를 줄이게 된다.

이자율이 내려가면 투자가 증가하기 때문에 소비와 정부 지출이 일정하다면 투자의 증가는 총수요의 증가로 이어지게 된다. 총수요가 증가하면 국민 소득도 증가하게 되므로 생산물 시장의 균형을 가져오는 국민 소득(Y)과 이자율(r)의 조합 (Y, r)를 평면에 나타내면 우하향하는 그래프가 만들어지게 된다. 한편 이자율이 일정한 상황에서 소비나 정부 지출이 늘어난다면 이 역시 총수요의 증가로 이어진다. 그러면 국민 소득이 증가하므로 그래프는 오른쪽으로 이동을 하게 된다.

그런데 이자율의 변화에도 기업들의 반응은 다를 수가 있다. 어떤 기업은 이자율을 내리면 민감하게 반응하여 투자를 큰 폭으로 증가시키기도 하지만, 다른 기업은 그러지 않고 관망할 수 있다. 이자율에 민감하게 반응하는 경우 그래프의 기울기는 완만하여, 이자율 인하가 국민 소득 증가에 기여하는 효과가 크다는 것을 의미한다. 이자율의 민감도에 대해서는 고전학파와 케인스학파의 견해가 상반된다. 고전학파는 투자가 이자율에 따라 탄력적으로 이루어지는 것이므로 완만한 기울기를 갖는다고 주장한 반면, 케인스학파는 기업의 투자가 합리적인 원칙보다는 기업가의 야성적 충동에 의해 결정되는 부분이 크기 때문에 가파른 기울기를 가진다고 보았다. 이자율을 내리는 것은 물가 상승을 야기할 수 있으므로 이 그래프의 기울기는 국민 소득을 늘리기 위한 재정 정책과 금융 정책의 적절성을 판단하는 데 중요한 근거가 된다.

**1. 윗글을 바탕으로 <보기>의 빈칸을 채우시오.**

<보기>

 외국과 무역을 하지 않는 폐쇄된 경제 체제를 가정하면 (   ㉠   )는 소비와 투자, 정부 지출로 구성된다. 그런데 투자는 (   ㉡   )이 오르면 줄어들기 때문에 그에 따라 국민 소득도 줄어들게 된다.

**※ 다음 글을 읽고 물음에 답하시오.**

 학생 여러분 안녕하세요. 저는 『물리학의 기초』의 저자 ○○○입니다. 이렇게 '저자와의 대화'에 초청해주셔서 감사합니다. 제가 쓴 이 책의 내용은 아주 다양하지만 오늘은 학생 여러분이 가장 많은 관심을 보여 준 '시간'에 대해서 소개해 드리겠습니다.

먼저, 영상을 잠깐 보시죠. (영상의 특정 장면에서 재생을 멈춘 뒤 화면을 가리키며) 이 영화의 주인공이 블랙홀과 가까이에 있는 행성에 아주 잠시 갔다 온 사이 우주선에 남아 있던 동료 우주인은 무려 23년이나 시간이 흘러 훨씬 늙어 있었습니다. 왜 이런 일이 생겼을까요? 이를 이해하기 위해서는 아인슈타인의 이른바 시간 굴곡 법칙을 이해할 필요가 있습니다. 아인슈타인은 10년 가까이 중력에 대해서 연구하였는데요, 그 결과 빛나는 통찰을 할 수 있었습니다. 행성처럼 아주 질량이 큰 물체는 그 주위의 시간을 휘게 만드는데, 그휨의 원인이 바로 중력이라는 것을 깨달은 것이죠. 다소 혼란스러울 것입니다. 천체 물리학자들에 따르면 모든 물체는 자기 주위의 시간을 더디게 만듭니다. 지구도 하나의 거대한 덩어리로 주위의 시간을 늦춥니다. 따라서 지구나 그보다 훨씬 질량이 큰 블랙홀 근처로 갈수록 시간이 더 느려집니다. 물체의 질량이 클수록 중력이 강하고, 중력이 강할수록 시간은 느리게 흐르는 것입니다. 그럼 질문 하나 할게요. 예를 들어 높은 산꼭대기에 사는 사람과 평지에 사는 사람이 수십 년이 지난 뒤 만나면 누가 더 늙어 있을까요? (학생들의 반응을 살핀 뒤) 몇몇 학생들이 정확하게 대답을 하네요. 그렇습니다. 높은 산 위에 사는 사람의 시간이 조금 더 빨라져 평지에 사는 사람보다 더 빨리 늙게 된다고 할 수 있습니다. 이 때문에 시간 굴곡 법칙으로 불리는 그의 통찰을 비유적으로 말한다면 '만물은 자신이 가장 천천히 늙는 곳에서 살고 싶어 하기 때문에 중력은 만물을 그곳으로 이끈다.'라고 할 수 있습니다.

(몇몇 학생들의 질문과 반응을 듣고) 믿을 수 없다는 반응이군요. 하버드 대학의 한 학자는 나사(NASA)의 로켓에 원자시계를 실어 1만 킬로미터 상공에 띄우고 그 시계와 지상의 시계가 작동하는 속도를 전파 신호를 이용하여 비교했더니 지상에서의 시간이 하루당 약 30마이크로초만큼 더 느리게 흐른다는 것을 밝혀냈습니다. 여러 차례의 다른 실험들에서도 같은 결과가 나오고 있습니다.

시간을 굴곡시키는 다른 요인으로는 속도도 있습니다. 평지에서 한 사람은 제자리에 멈춰 있고, 다른 한 사람은 앞뒤로 빠르게 많이 움직였다고 가정합시다. 이때도 시간은 달라지는데요, 움직이는 사람의 시간이 멈추어 선 사람보다 더 느리게 흐른다는 것입니다. 많이 움직이면 많이 움직일수록 시간은 더 천천히 흐른다고 할 수 있죠. 이것도 사실인지 궁금하죠? 이미 1970년대에 제트기에 초정밀 시계를 가지고 탑승하여 시간의 흐름을 측정한 바가 있는데요, 실험 결과 비행기 안의 시계가 지상에 있는 시계보다 시간이 다소 뒤처져 있음을 밝혀냈어요. 요즈음은 다양한 물리학 실험을 통해 속도가 시간의 흐름에 영향을 미친다는 것을 쉽게 관찰할 수 있습니다.

**2. 윗글을 바탕으로 <보기>의 빈칸에 들어갈 말을 쓰시오.**

<보기>

　강연자는 『물리학의 기초』의 내용을 설명하기 위해 (　　　　) 사례를 근거로 제시하여 청중의 이해를 돕고 있다.

**※ 다음 글을 읽고 물음에 답하시오.**

　나의 음악 감상 태도를 변하게 만든 음악은 <라 캄파넬라(La Campanella)>이다. 음악 수업 시간에 선생님께서 <라 캄파넬라> 피아노 연주 CD를 들려주신 적이 있었다. <라 캄파넬라>는 19세기 낭만 시대를 대표하는 헝가리 출신의 유명한 작곡가이자 피아니스트인 프란츠 리스트가 만든 곡이다. 리스트는 파리에서 천재 바이올리니스트 파가니니의 연주회를 보게 되는데, 그 연주에 완전히 빠진 리스트는 '피아노의 파가니니'가 되기로 마음먹는다. 그 후 탄생한 곡들이 총 6곡으로 이루어진 <파가니니에 의한 초절 기교 연습곡>으로 파가니니가 작곡한 <24개의 무반주 카프리스>를 피아노로 새롭게 편곡한 작품들이다. 이 6개의 곡 중 가장 유명한 것이 <라 캄파넬라>로, 지금도 피아니스트들이 자신의 기교를 자랑하기 위해 자주 연주하고 있는곡이다. <라 캄파넬라>는 '작은 종'이라는 의미로, 오른손으로 연주되는 피아노의 고음부에서 제목과 같은 종소리를 생동감 있게 묘사하는 것이 큰 특징이다. 또한 이 곡은 옥타브의 반복, 음의 빠른 반복, 거대한 코드와 트릴 등 리스트 피아노 음악의 특징을 그대로 보여 준다.

　사실 이 곡은 예전에 내가 좋아하던 광고의 배경 음악으로 쓰여서 원래 알고 있었고, 그래서 종종 찾아서 듣곤 했었다. 그때는 '와, 정말 연주하기 어려운 곡이다.', '화려한 기교가 돋보인다.', '손가락이 안 보일 정도로 빠르게 쳐야겠다.' 정도의 생각만 했었다. 그런데 이번에 수업 시간에 듣게 된 곡은 듣는 내내 '내가 원래 알던 곡이 맞나?' 싶을 정도로 너무 달라서 집중해서 들었다. 다 듣고 나서 선생님께 연주자가 누구인지 여쭤보니 우리나라 피아니스트 ○○○라고 알려 주셨다. ○○○의 <라 캄파넬라>는 진짜 종이 울리는 것처럼 피아노에서 맑은 종소리가 나서 깜짝 놀랐다. 연주자가 누구인지에 따라 음악이 바뀔 수 있다는 것을 확인한 순간이었다. 그래서 그날 하교 후에 집에 가서 인터넷으로 <라 캄파넬라>를 연주한 다른 음악가들의 영상을 찾아서 감상했다. 어떤 연주자는 잔잔하면서도 우아하게 연주하고, 어떤 연주자는 빠르게 몰아치듯 강하게 연주하는 등 같은 곡이지만 연주자마다 개성이 묻어나는 각자의 연주를 하고 있음을 확인할 수 있었다. 또 신기한 것은 수업 시간에 들은 ○○○의 <라 캄파넬라>를 집에 와서 다시 들었더니 수업 시간 때와는 다른 느낌이 들었다는 점이다. 수업 시간에는 피아노 연주에서 종소리가 나서 단순히 놀라기만 했는데, 집에 와서 다시 들어 보니 종소리의 크기가 커졌다가 작아졌다 하면서 실제로 누군가 종을 울리는 것처럼 느껴졌다. 작은 종소리는 성탄절 트리에 달아 놓은 종을 흔들어서 내는 소리처럼 들렸고, 큰 종소리는 새해 첫 시작을 알리는 제야의 종을 칠 때 울리는 소리처럼 들렸다.

　나는 <라 캄파넬라> 덕분에 같은 곡이더라도 연주자에 따라 달라질 수 있다는 사실을 알게 되었다. 또한 동일한 연주더라도 언제 어디에서 듣느냐에 따라 다양한 감상이 가능하다는 것도 알게 되었다. 그래서 앞으로 음악을 감상할 때는 여러 연주자가 동일한 곡을 연주한 각각의 버전을 비교하기도 하고, 다양한 상황에서 듣는 습관을 가져야겠다고 다짐했다. 그리고 이렇게 뛰어난 연주를 집에서 편하게 감상할 수 있도록 해준 인터넷 개발자들에게 고마운 마음을 가져야겠다.

**3. 윗글을 바탕으로 <보기>의 ㉠, ㉡에 들어갈 단어를 쓰시오.**

<보기>

　바이올리니스트 파가니니의 연주를 듣고 매료된 리스트는 파기니니의 곡을 피아노로 ( ㉠ ) 했다. <라 캄파넬라>는 옥타브의 반복, 음의 빠른 반복, 거대한 코드와 트릴 등 ( ㉡ )음악의 특징을 보여주고 있다.

※ 다음 글을 읽고 물음에 답하시오.

<보기>

> 　보도는 최초 판단 단계에서부터 가치 판단이 개입한다. 더구나 대부분의 보도는 타인의 증언에 근거하므로 그 증언의 사실 여부에 대한 판단이 반드시 필요하다.
> (　　　　) 가치 판단을 배제한 엄밀한 의미의 객관적 보도란 있을 수 없다.

4. 윗글 <보기>의 빈칸에 들어갈 접속 부사를 쓰시오.

※ 다음 글을 읽고 물음에 답하시오.

(가)

㉠감나무쯤 되랴,
서러운 노을빛으로 익어 가는
내 마음 사랑의 열매가 달린 나무는!

이것이 제대로 벌을 데는 저승밖에 없는 것 같고
그것도 내 생각하던 사람의 등 뒤로 벋어 가서
그 사람의 머리 위에서나 마지막으로 휘드러질까 본데,

그러나 그 사람이
그 사람의 안마당에 심고 싶던
느꺼운 열매가 되는지 몰라!

새로 말하면 그 열매 빛깔이
전생의 내 전 설움이요 전 소망인 것을
알아내기는 알아낼는지 몰라!
아니, 그 사람도 이 세상을
설움으로 살았던지 어쨌던지
그것을 몰라, 그것을 몰라!

- 박재삼, 「한(恨)」

(나)


엊그제 젊었더니 하마 어이 다 늙거니
소년행락 생각하니 일러도 속절없다
늘거야 설운 말씀 하자 하니 목이 멘다
부생모육 신고하여 이내 몸 길러 낼 제
공후배필 못 바라도 군자호구 원하더니
삼생의 원업이오 월하의 연분으로
장안유협 경박자를 꿈같이 만나이서
당시의 용심하기 살어름 디디는 듯
삼오 이팔겨오 지나 천연여질 절로 이니
이 얼굴 이 태도로 백년기약하였더니
연광이 훌훌하고 조물이 다시하여
봄바람 가을 물이 뵈오리 북 지나듯
설빈화안 어디 가고 면목가증 되거고나
내 얼굴 내 보거니 어느 임이 날 괼소냐
스스로 참괴하니 누구를 원망하랴
                (중략)
가을 달 방에 들고 실솔이 상에 울 제
긴 한숨 지는 눈물 속절없이 헴만 만타
아마도 모진 목숨 죽기도 어려울사
도로혀 풀쳐 헤니 이리 하여 어이 하리
청등을 돌려놓고 녹기금 빗겨 안아
벽련화 한 곡조를 시름조차 섞어 타니
소상야우의 대 소리 섯도는 듯
화표천년의 별학이 우니는 듯

옥수의 타는 수단 옛 소리 있다마는
부용장 적막하니 뉘 귀에 들릴소니
간장이 구곡 되야 굽이굽이 끊쳤세라
차라리 잠을 들어 꿈에나 보려 하니
바람의 지는 잎과 풀 속에 우는 짐승
무스 일 원수로서 잠조차 깨우는다
천상의 견우직녀 은하수 막혔어도
칠월 칠석 일년일도 실기치 아니거든
우리 임 가신 후는 무슨 약수 가렸관대
오거니 가거니 소식조차 그쳤는고
난간에 빗겨 서서 임 가신 데 바라보니
초로는 맺혀 잇고 모운이 지나갈 제
죽림 푸른 곳에 새소리 더욱 설다
세상의 설운 사람 수없다 하려니와
박명한 홍안이야 날 같은 이 또 있을까
아마도 이 임의 지위로 살동말동하여라

－ 허난설헌, 「규원가(閨怨歌)」

5. 윗글 (가), (나)에서 드러나는 공통된 화자의 정서를 쓰시오.

6. 윗글 (가)의 ㉠는 어떠한 기능을 가지고 있는가.

**7. 윗글 (나)를 바탕으로 <보기>의 ㉠, ㉡에 들어갈 말을 쓰시오.**

<보기>

규원가는 화자의 정서를 효과적으로 드러내기 위해 대상에 감정을 투영하고 있다. 화자는 자신의 서글픈 심정은 (　㉠　)과 (　㉡　)에 투영하고 있다.

※ 다음 글을 읽고 물음에 답하시오.

거사는 실패했다. 그리고 거사가 실패했다고 생각하자, 실패가 오히려 아주 당연한 귀결처럼 느껴졌다. 그동안 불안과 공포에 떤 자신이 나는 이 순간 견딜 수 없이 우스꽝스러웠다. 지금까지 나를 짓눌러 온 온갖 불안에서 나는 불과 몇십 초 사이에 깨끗하게 해방된 것이었다.

그러나 바로 이때 나는 또 한 번 무서운 공포에 휩싸였다. 그것은 안도감에 잠긴 나를 몽둥이로 내리치듯이 통렬하게 후려쳤다. 누군가가 돌연 자리를 박차고 두 손을 높이 쳐들며 이렇게 소리쳤기 때문이었다.

"조셴 반자이(조선 만세)!"

기범이었다. 그는 우렁차게 만세를 부른 후, 그대로 앞 좌석에 홀로 대뚝하게 서 있었다. 장내는 고요했다. 모든 시선이 기범에게 집중되었다. 학생들도 고관들도 헌병들조차도 넋 나간 표정으로 기범의 얼굴을 뚫어지게 쏘아볼 뿐이었다. 그것은 무서운 폭풍을 내포한 폭발 직전의 서늘한 침묵이었다. 침몰하는 배 위에 올라탄 듯한 한없이 낭패스러운 삭막한 침묵이었다.

시간이 흘렀다. 아주 긴 시간인 것도 같고 아주 짧은 시간인 것도 같았다. 식장의 경비를 맡고 있던 헌병들은 이윽고 긴장된 표정으로 저마다 긴 칼자루에 손을 대기 시작했다. 그들은 기범이 또 한 번 소리치면 식장에서 당장에 그를 체포할 듯한 험악한 기세였다. 그런데 이때 뜻밖에도 기범의 두 팔이 다시 번쩍 머리 위로 쳐들렸다.

"닛본 반자이(일본 만세)!"

침묵은 계속되었다. 헌병들은 칼자루에 손을 댄 채 여전히 기범을 쏘아보고 있었고, 기범은 이번에도 만세 후에 여전히 앞 좌석에 꼿꼿하게 서 있었다. 그러나 이번 침묵은 아까와는 약간 성질이 달랐다. 식장에 참석한 모든 사람들은 이번에는 긴장 대신에 묘한 의문에 사로잡혔다. 서로 상반되는 입장들에 놓여 있지만 그들은 기범을 향해 똑같은 질문들을 던지고 있었던 것이다. 너는 왜 조선 만세를 부른 후에 뒤따라 다시 일본 만세를 불렀는가? 너의 만세는 무슨 뜻인가? 너는 대체 어느 편인가? 그러나 이 의문도 뒤따라 곧 해답을 얻었다. 기범이 다시 두 팔을 쳐들고 제3의 만세를 외쳤기 때문이었다.

"다이토아 반자이(대동아 만세)!"

식장을 지배해 온 숨 막히던 긴장은 이 세 번째 만세로 깨끗이 해소되었다. 그는 첫 번째 만세로는 동지들의 체면을 세워 주었고, 두 번째와 세 번째의 만세로는 동지들을 위험에서 구해 준 것이다. 나는 사건이 끝난 한참 후에야 기범이 어째서 거사의 중임을 자청했는가를 깨달았다. 그는 사전에 이미 거사가 실패할 것을 예견했고, 만일 성공할 기미가 보였다면 처음부터 거사를 실패시킬 목적이었다. 식이 끝나고 집으로 돌아올 때 기범은 내게 이렇게 중얼거렸다.

"기침 소리가 들리더군. 그래서 난 계획대루 만세를 불렀지. 첫 번째 만세는 잘된 것 같은데 그 뒤의 만세들은 나두 모르게 튀어나온 것이었어. 동지들에게 면목이 없네. 나를 모두들 원망하구 있겠지?"

㉠아무도 그를 원망하지 않았다. 오히려 그를 고맙게 생각했다.

(중략)

"천만에, 나는 안다. 그놈은 운 좋은 삼류 무사(武士)에 불과했다. 뽑아 본 일 없는 칼을 차고 질 수 없는 전쟁만 멋들어지게 해 온 놈이다. 나는 세상이 가장 혼탁할 때는 일규가 어디 있는지 본 일이 없다. 그놈이 칼을 뽑았을 때는 누군가가 위기를 제거해서 세상이 더없이 편안해진 후다. 이것이 바로 무사의 허풍스런 참모습이고 무사가 너희한테 존경과 사랑받는 소치인 것이다."

"너는 그럼 그런 일규를 왜 허공에서 찾은 거냐? 왜 일규가 없어진 지금 살맛이 없다구 하는 거냐?"

"세상은 주인이 필요하다, 광대 같은 주인 말이다. 무대에 누군가가 있어야 할 것 아니냐? 무대를 비워 둘 순 없지 않냐? 내가 일규를 필요로 하는 건 그 녀석이 무대 위에서 너희들이 살아가는 간판 구실을 잘 해내기 때문이다."

"좋다, 네 쪽은 그렇다 치자. 허지만 일규 쪽에서는 왜 너를 필요로 한다는 이야기냐?"

"무사가 칼을 차고 지나가면 그 뒤엔 그를 칭송할 악사(樂士)가 필요한 법이다. 칼이 허리에서 절그럭 거려서 무사는 자기 입으로는 자찬의 노래를 읊을 수가 없다. 악사는 바로 이런 때를 대비했다가 무사의 눈짓이 날아올 때 재빨리 악기를 꺼내 황홀한 음악을 탄금하는 것이다. 이것이 바로 무사와 악사가 서로를 경멸하면서도 사이좋게 살아가는 우정이다."

– 홍성원, 「무사(武士)와 악사(樂士)」

**8.** 윗글의 ⊙은 궁극적으로 무엇을 드러내고 있는가.

**9.** 윗글을 바탕으로 <보기>의 빈칸을 채우시오.

─────── <보기> ───────

작품에서는 개인의 안위를 우선시하는 위선적인 지식인의 모습이 ( ⊙ )로 표현되고, 강자에게 기생하여 자신의 안위와 생계를 유지하려는 부정적인 지식인의 모습이 ( ⓒ )로 표현되고 있다.

**10.** 두 사건 $A$, $B$가 서로 독립이고, $P(A)=\dfrac{1}{3}$, $P(A^c \cap B^c)=\dfrac{1}{4}$일 때, $P(B)$는?(단, $A^c$는 $A$의 여사건이다.)

**11.** 1에서 9까지의 숫자 중에서 다른 두 수를 선택할 때, 두 수의 곱이 홀수가 되게 택하는 경우의 수를 구하시오.

**12.** $\displaystyle\lim_{x \to 0} \sqrt{2x+9}$의 값을 구하시오.

**13.** $\displaystyle\lim_{x \to 0} \frac{x(x+7)}{x}$ 의 값을 구하시오.

**14. 함수** $f(x) = -x^4 + 8a^2x^2 - 1$**이** $x = b$ **와** $x = 2 - 2b$ **에서 극대일 때,** $a+b$**의 값을 구하시오. (단,** $a$, $b$**는** $a > 0$, $b > 1$**인 상수이다.)**

**15.** $\displaystyle\int_0^2 (3x^2 + 6x)\,dx$**의 값을 구하시오.**

# 5회 가천대 논술 모의고사 정답

| 문항 | 정답 |
|---|---|
| 1 | ㉠ 총수요 ㉡ 이자율 |
| 2 | 실제 연구 |
| 3 | ㉠ 편곡 ㉡ 리스트 피아노 |
| 4 | 그러므로 |
| 5 | 한(恨) |
| 6 | 이승과 저승이라는 공간적 단절을 초월하여 화자의 한스러운 마음을 전하는 매개체 |
| 7 | ㉠ 실솔(귀뚜라미) ㉡ 새 |
| 8 | 나약하고 위선적인 지식인들의 모습 |
| 9 | ㉠ 무사 ㉡ 악사 |
| 10 | $\frac{5}{8}$ |
| 11 | 10 |
| 12 | 3 |
| 13 | 7 |
| 14 | 3 |
| 15 | 20 |

## 【 정답 풀이 】

1. 이 글은 거시 경제 차원에서 이자율 변화에 따른 총수요와 국민 소득의 변화에 대해 설명하고 있다. 이자율 변화에 따른 기업들의 변화는 올바른 경제 정책 수립의 자료가 된다.

2. 강연자는 청중의 이해를 돕기 위해 영상자료를 활용하여 아인슈타인의 실제 연구 사례를 설명하고 있다.

3. 1문단에서는 파가니니의 연주에 감명 받은 리스트가 파가니니의 곡을 편곡했음을 밝히고 있으며, <라 캄파넬라>를 통해 다양한 리스트 피아노 음악의 특징을 볼 수 있다.

4. 마지막 문장은 앞의 두 문장을 근거로 하여 내린 결론이다. 즉, '앞의 사실과 같기에'라는 의미를 지녀야 한다. 이러한 의미를 지닌 것은 '그러므로'이다.

5. 두 작품은 한(恨)을 공통의 정서로 담아내고 있다.

6. 감나무는 '그 사람'과 이어지고 싶은 화자의 바람을 드러내는 소재로 사용되고 있다.

7. "실솔이 상에 울 제"와 "새소리 더욱 설다"라는 구절에는 임에게 사랑받지 못하는 화자의 서글픈 감정이 투영되어 있다.

8. 거사를 실패한 기범에게 오히려 고마움을 느끼는 지식인들의 나약하고 위선적인 모습을

폭로하는 서술이다.

9. 이 작품에서 무사는 뽑아 본 일 없는 칼을 차고 질 수 없는 전쟁만 멋들어지게 하는 존재로서 개인의 안위를 중시하는 지식인의 모습을 무사로 드러내고, 광대 같은 주인을 위해 황홀한 음악을 탄금하는 존재를 악사로 지칭하여 부정적인 지식인의 모습을 표현하고 있다.

10. $P(A \cup B) = \dfrac{3}{4}$, $P(A) = \dfrac{1}{3}$ 이므로 $P(A \cup B) = P(A) + P(B) - P(A)P(B)$

$\dfrac{3}{4} = \dfrac{1}{3} + P(B) - \dfrac{1}{3}P(B)$

$\dfrac{2}{3}P(B) = \dfrac{5}{12}$

$\therefore P(B) = \dfrac{5}{8}$

11. 두 수의 곱이 홀수이려면 두 수 모두 홀수여야 한다. 해당 수에서 홀수는 $1, 3, 5, 6, 9$로 5개가 있으며 이 5개의 홀수 중 서로 다른 2개를 택하는 경우의 수는 $_5C_2 = \dfrac{5 \times 4}{2 \times 1} = 10$

12. $\displaystyle\lim_{x \to 0} \sqrt{2x + 9} = \sqrt{9} = 3$

13. $\displaystyle\lim_{x \to 0} \dfrac{x(x+7)}{x} = \lim_{x \to 0}(x+7) = 7$

14. $f'(x) = -4x^3 + 16a^2x = -4x(x^2 - 4a^2) = -4x(x+2a)(x-2a)$

이므로 함수의 증감을 조사하면 $x = 2a$, $x = -2a$에서 극댓값을 갖는다.

즉, $b + (2-2b) = 2a + (-2a) = 0$이므로 $b = 2$

또, $b(2-2b) = 2a \times (-2a)$이 $-4 = -4a^2 a > 0$이므로 $a = 1$

따라서 $a + b = 1 + 2 = 3$

15. $\displaystyle\int_0^2 (3x^2 + 6x)dx = \left[x^3 + 3x^2 + c\right]_0^2 = 20$

# 일필휘지
# 자연계열

## 국어 6문항

## 수학 9문항

2022학년도 대입 논술 전형

# 약술형 논술고사

성명 :

수험번호 :

지원학과 :

소속 고등학교 :

## 답안 작성 시 유의사항】

· 시험 시간은 80분입니다.

· 휴대폰, 전자계산기 등의 전자기기는 소지할 수 없습니다.

· 성명, 수험번호, 지원학과, 소속 고등학교명을 반드시 기입하십시오.

· 답안 작성은 답안지에 연필 또는 검은색 펜으로 명확하게 작성하십시오.

· 시험이 종료될 때까지 퇴실할 수 없습니다.

# 가천대 논술 모의고사 1회 [자연계열]

## ※ 다음 글을 읽고 물음에 답하시오.

일찍이 마르크스는 이데올로기론을 제시하여 대중문화를 분석하는 기초를 제시하였다. 마르크스에 따르면 '사회의 물질적인 힘을 지배하는 계급은 사회의 정신적인 힘도 지배' 하기 때문에 물질적 생산 수단을 갖지 못한 다수인 대중의 사상은 물질적인 힘을 지배하는 계급의 사상에 종속된다. 지배 계급의 이해관계를 표현하는 주된 관념들의 체계인 이데올로기가 자본주의 사회에서의 지배와 피지배라는 본질적인 관계를 숨기고 왜곡한다는 것이다. 이와 같은 입장에서 대중문화를 바라보면, 대중문화는 이데올로기의 형성과 유포의 기능을 하는 것이라고 볼 수 있다.

마르크스의 입장을 바탕으로 프랑크푸르트학파는 자본주의 사회에서 상품이 생산되고 교환되는 것과 같이 문화도 상품화되었다는 문화 산업론을 주장하였다. 프랑크푸르트학파에 따르면 문화는 현실의 고통과 모순을 표현하거나 아름다운 삶의 이상을 제시하거나 인간의 개성과 상상력을 마음껏 발휘하는 것이 아니다. 문화 산물들은 단지 소비함으로써 즐거움을 얻을 수 있는 소비 상품이자 오락거리일 뿐이며, 비인간적인 삶과 참기 어려운 착취를 견딜 수 있게 만드는 마취적 기능을 한다. 나아가 문화 산업은 문화 상품을 소비하는 것이 선이라고 여기게 하여 사람들을 '멍청한' 수동적 관조자로 만든다.

그런데 마르크스와 프랑크푸르트학파의 이론들은 이데올로기나 대중문화를 획일적인 것으로 간주하는 한계를 지니고 있다. 즉 이데올로기가 아무런 모순도 없이 지배 계급의 이익과 결합되어 일방적으로 전파되며 대중문화 역시 지배 계급의 이해관계만을 대변한다고 보아, 피지배 계급의 이데올로기나 저항적 대중문화가 생겨나는 것에 대해 설명하지 못한다.

한편, 안토니오 그람시는 마르크스의 입장의 한계를 인식하고 이데올로기의 개념과 대중문화의 개념에 대해 새롭게 사고할 수 있는 '헤게모니'라는 개념을 제시하였다. 헤게모니는 한 사회의 지배 집단이 자신들만의 좁은 이해관계를 넘어서서 광범위한 대중의 지지와 동의를 획득하고 유기적인 집단 의지를 만들어 낼 때 달성되는 지도력으로, 정신적인 힘과 물질적인 힘의 상호 유기적 관계를 전제로 한다. 그람시에 따르면 어떤 사회나 집단을 효과적으로 지배하기 위해서는 물질적인 힘만을 장악해서는 안 되고 헤게모니를 장악할 수 있어야 한다. 그람시는 수많은 모순을 내포하고 있는 자본주의 사회에서 혁명이 일어나지 못하는 이유를 지배 계층이 헤게모니를 장악하기 때문으로 보았다.

그람시의 헤게모니 개념에 따르면, 어떠한 결과로 나타나는 문화는 필연적으로 대립적인 문화를 포괄할 수밖에 없으며 순수하게 지배적일 수만은 없다. 이러한 입장에서 대중 문화는 단순한 지배의 도구라기보다는 헤게모니를 둘러싸고 투쟁이 벌어지는 장이다. 즉 대중문화는 지배층의 이해관계를 보편화시키려는 시도와 피지배층의 저항 사이에서 투쟁이 일어나는 영역이다. 그람시의 헤게모니 이론에서는 대중문화를 부정적으로만 보는 것이 아니라 다양한 의도들이 뒤섞여 활동하는 역동적인 투쟁의 장으로 간주한다.

**1. 윗글을 바탕으로 <보기>의 빈칸을 채우시오.**

<보기>

프랑크푸르트학파는 마르크스의 입장을 계승하여 (  ㉠  )을 주장하였다. 그러나 마르크스와 프랑크 푸르트학파의 입장은 (  ㉡  )가 왜 생겨나는지 설명할 수 없었다.

**※ 다음 글을 읽고 물음에 답하시오.**

안녕하세요? ○○ 고등학교 학생 여러분, 학생회장 △△△입니다. 제가 이번 학생 자치 협의회에서 나온 의견 중에 동참을 부탁드리고 싶은 일이 있어, 이렇게 인사드리게 되었습니다. 지난겨울 학생회에서 기획한 '사랑의 연탄 배달하기' 봉사 활동을 기억하시나요? 이 봉사 활동에 많은 학생이 참여해 주셨는데요, 학생회가 기획하고 우리 고등학교 학생들의 참여 신청을 받아, 넝넝 구청의 '사랑의 연탄 배달하기' 봉사 활동에 함께 참여하였습니다. (사진을 보여 주며) 지금 보시는 사진이 바로, 독거 어르신들의 추운 겨울을 따뜻한 온기로 녹이던 우리 학교 학생들의 모습입니다. 처음에는 1회로 기획하였으나 학생들의 반응이 좋아, '사랑의 연탄 배달하기'를 한 번 더 진행함과 동시에 재능 기부 봉사 활동을 시작해 보려고 합니다.

　(홍보 자료를 보여 주며) 재능 기부 봉사 활동은 학교 도서관 개방 프로그램과 함께 진행될 예정입니다. 주말을 이용하여 지역 사회의 초등학생을 대상으로 하는 영어 교육 봉사 활동과 어린이를 대상으로 하는 동화책 읽어 주기 봉사 활동을 기획하였습니다. 이 밖에도 여러분의 재능을 발휘할 수 있는 다양한 봉사 활동 프로그램을 신청받아 추가하려고 합니다. 학생회에서 기획하여 진행하는 봉사 활동인 만큼 여러분의 의견을 적극적으로 반영할 수 있다는 점에서 다른 봉사 활동과는 차별화되어 있다고 할 수 있습니다.

　봉사 활동은 다른 사람에게 도움을 줌과 동시에, 자신의 내적 성장에도 도움을 줍니다. 학교 홈페이지에 올라왔던 '사랑의 연탄 배달하기' 봉사 활동 후기에도, 봉사 활동을 하며 흘린 땀은 독거 어르신들의 미소덕분에 오히려 보람으로 다가와 자신을 성장시켰다는 내용이 많았음을 기억합니다. 학생 여러분이 봉사 활동으로 인해 공부할 시간이 줄어든다고 여기실 수도 있습니다. 하지만 앞서 말씀드린 봉사 활동 후기의 경우와 마찬가지로, 봉사 활동을 통해 주변에 사랑을 베푼 시간들은 스스로를 돌아보는 계기가 되며 더불어 사는 삶을 배우는 큰 보람이 되어 돌아옵니다.

　그동안 봉사 활동에 관심은 있었으나, 여기저기 찾아다니기가 힘들었던 친구들에게 자신의 재능을 살리면서도 학교 도서관에서 봉사할 수 있는 재능 기부 봉사 활동을 추천합니다. 여러분의 많은 참여를 바랍니다. 들어 주셔서 감사합니다.

2. 윗글을 바탕으로 <보기>의 빈칸을 채우시오.

<보기>

　연설에서 학생회장은 ( ㉠ )을 통해 청중의 기억을 환기시키고 ( ㉡ )자료를 활용하여 연설 내용을 효과적으로 전달하고 있다.

## ※ 다음 글을 읽고 물음에 답하시오.

**(가)**

노키즈존(No Kids Zone)'이란 5세 미만, 미취학 아동, 유모차 등 조건은 다소 다르지만 어린아이들의 출입을 금지하는 곳을 말한다. 노키즈존은 주로 커피숍이나 음식점에서 시작되어 고급 가구 숍까지 점점 확대되고 있다. 이렇듯 노키즈존이 확대되는 것은 해당 업주들이 노키즈존의 필요성을 느끼고 있음을 보여 주는 것이며, 더불어 해당 업소를 이용하는 손님들 역시 노키즈존을 선호하기 때문이라고 할 수 있다. 나는 노키즈존의 설치는 타당하다고 생각하며, 그 이유는 다음과 같다.

첫째, 어린아이들이 소란을 피울 경우 다른 이용자들이 불편을 겪을 수밖에 없기 때문이다. 일부 매장에서는 영업 특성에 따라 노키즈존을 일종의 전략으로 활용하기도 한다. 노키즈존의 설치는 이용자의 불편을 없애기 위해 필요한 조치라고 생각한다.

둘째, 어린아이들의 안전사고를 방지하기 위해서이다. 복잡한 식당 등에서는 종종 안전사고가 발생한다. 2011년에는 한 식당에서 어린아이가 뜨거운 물을 든 종업원과 부딪혀 화상을 입는 사고가 발생했다. 이후 소송으로 번진 해당 사건에 대해 재판부는 부모에게 30%, 식당 주인과 종업원에게 70% 정도의 책임이 있다고 보고 약 4,100만 원의 배상금을 부모에게 지급할 것을 판결했다. 따라서 업주들은 이러한 안전사고를 원천적으로 방지하기 위해 노키즈존을 선택할 수밖에 없는 것이다.

셋째, 노키즈존의 설치는 영업 자유의 한 부분이므로 그 선택은 존중받아야 한다. 소비자에게 살 자유가 있듯이 업주에게는 팔 자유가 있다. 따라서 노키즈존의 설치를 원하는 업주가 있다면 이를 반대할 근거가 없는 것이다.

노키즈존의 진정한 의미는 '무개념 부모 출입 금지'라는 견해도 있다. 이런 견해에 따르면, 노키즈존은 식당에서 활개를 치는 어린아이와 이를 본체만체하거나 오히려 조장하는 철없는 부모를 향한 '업주들의 역습'이다. 따라서 노키즈존의 설치는 업주들이 선택할 수 있는 자유로 존중받아야 한다.

**(나)**

노키즈존은 어린아이를 동반하고 입장할 수 없는 공간을 말한다. 노키즈존 설치가 타당하다고 주장하는 사람들은, 부모와 함께 업소를 찾은 어린아이들이 소란을 피우면 사고 발생 위험이 크고 다른 고객들의 불만도 크기 때문에 노키즈존을 운영해야 한다고 말한다. 하지만 모든 어린아이가 소란을 피우는 것도 아닌데 업소에서 제멋대로 행동하는 일부 어린아이들 때문에 노키즈존이 요즘처럼 점차 확대되고 있는 것은 지나치다고 생각한다. 따라서 노키즈존 설치는 타당하지 않다고 생각하며, 그 이유는 다음과 같다.

첫째, 노키즈존은 '어린아이'라는 특정 집단 전체를 사전 차단한다는 점에서 인권을 침해하고 있다. 우리나라 헌법을 보면, 모든 국민은 인간으로서의 존엄과 가치를 가지며 행복을 추구할 권리를 가진다. 또 한 모든 국민은 법 앞에 평등하고, 누구든지 성별, 종교 혹은 정치, 경제, 사회, 문화적 생활의 모든 영역에서 차별받지 아니하며 국민의 자유와 권리는 헌법에 열거되지 아니한 이유로 경시되지 아니함을 명시하고 있다. 따라서 누구든 부모라는 이유만으로, 어린아이라는 이유만으로 차별을 받아서는 안 되는 것이다.

둘째, 어린아이를 인격적인 존재가 아니라 통제하고 배제해야 할 대상으로 여긴다는 점이다. 노키즈존의 등장을 저출산 시대의 산물로 보는 견해가 있다. 한국 사회가 저출산 시대에 돌입하면서 어린아이에 대한 경험이 부족해져 어린아이를 '남에게 피해를 주는 존재'로 바라보는 경향이 형성되기 시작했는데, 이런 사회적 분위기가 노키즈존의 등장을 부추기고 있다는 것이다.

셋째, 노키즈존의 입장 제한 연령 기준이 자의적이므로 노키즈존의 제한 범위가 지나치게 넓다는 점이다. 입장 제한 연령을 세부적으로 살펴보면, 초등학교 입학 전, 10세, 12세 등 매장마다 너무나 다르다. 따라서 이와 비슷한 연령대의 어린아이들을 가진 부모들은 여러 공간에서 출입을 제한받고 있는 실정이다. 문제가 있는 것을 고쳐 나가려는 노력은 필요하다. 그러나 문제가 있다고 해서 배제해 버리는 것은 바람직하지 않다. 극심한 저출산 시대를 맞이하게 된 요즘, 모두가 공존할 수 있는 배려의 마음이 필요하다.

3. 윗글을 바탕으로 <보기>의 빈칸을 채우시오.

<보기>

윗글 (가)에서는 노키즈존의 ( ㉠ )를 밝히고 노키존이 확대되고 있는 이유를 설명하고 있으며 (나)에서는 ( ㉡ )의 내용을 근거로 찬성 측의 주장이 타당하지 않음을 밝히고 있다.

※ 다음 글을 읽고 물음에 답하시오.

─────── <보기> ───────

　문장에는 주어와 서술어가 한 번만 나타나는 '홑문장'과 두 번 이상 나타나는 '겹문장'이 있다. 겹문장에는 ( ㉠ )와/과 ( ㉡ )이 있다. 전자는 홑문장이 다른 문장 속에 하나의 문장 성분이 되는 것이고, 후자는 홑문장과 홑문장이 대등하거나 종속적으로 이어지는 것이다.

**4. 윗글 <보기>의 ㉠, ㉡에 들어갈 말을 쓰시오.**

※ 다음 글을 읽고 물음에 답하시오.

님을 뫼셔 이셔 님의 일을 내 알거니

믈 フ툰 얼굴이 편ᄒ실 적 몃 날일고

츈한고열은 엇디ᄒ야 디내시며

츄일동텬은 뉘라셔 뫼셧ᄂ고 쥼

죽조반 죠셕 뫼 녜와 ㄹ티 셰시ᄂ가

기나긴 밤이 쥼은 엇디 자시ᄂ고

님다히 쇼식을 아므려나 아쟈 ᄒ니

오늘도 거의로다 ᄂ일이나 사ᄅ 올가

내 ᄆᄋᆷ 둘 ᄃᆡ 업다 어드러로 가쟛 말고

잡거니 밀거니 높픈 뫼ᄒ 올라가니

구롬은 ᄏ니와 안개ᄂ 므ᄉ 일고

산쳔이 어둡거니 일월을 엇디 보며

지쳑을 모ᄅ거든 쳔 리를 ᄇ라보랴

츌하리 믈フ의 가 ᄇᆡ 길히나 보랴 ᄒ니

ᄇ람이야 믈결이야 어둥졍 된뎌이고

샤공은 어ᄃᆡ 가고 빈 ᄇᆡ만 걸렷ᄂ고

강텬의 혼자 셔셔 디ᄂᆞ 히를 구버보니

님다히 쇼식이 더옥 아득ᄒᆞ뎌이고

모쳠 츤 자리의 자리의 밤듕만 도라오니

반벽쳥등은 눌 위ᄒᆞ야 볼갓ᄂᆞ고

오르며 ᄂᆞ리며 헤쓰며 바자니니

져근덧 녁진ᄒᆞ야 풋ᄌᆞᆷ을 잠간 드니

졍셩이 지극ᄒᆞ야 ᄭᅮᆷ의 님을 보니

옥 ᄀᆞᄐᆞᆫ 얼굴이 반이 나마 늘거세라

ᄆᆞᄋᆞᆷ의 머근 말ᄉᆞᆷ 슬ᄏᆞ장 ᄉᆞ로쟈 ᄒᆞ니

눈믈이 바라 나니 말ᄉᆞᆷ인들 어이ᄒᆞ며

졍을 못다 ᄒᆞ야 목이조차 메여ᄒᆞ니

오뎐된 계셩의 ᄌᆞᆷ은 엇디 ᄭᅢ돗던고

어와 허ᄉᆞ로다 이 님이 어듸 간고

결의 니러 안자 창을 열고 ᄇᆞ라보니

어엿븐 그림재 날 조츨 ᄲᅢᆫ이로다

ᄎᆞᆯ하리 싀여디여 낙월이나 되야 이셔

님 겨신 창 안ᄒᆡ 번드시 비최리라

각시님 ᄃᆞᆯ이야ᄏᆞ니와 구ᄌᆞᆫ비나 되쇼셔

– 정철, 「속미인곡(續美人曲)」

**5. 윗글을 바탕으로 <보기>의 ㉠, ㉡에 들어갈 말을 쓰시오.**

<보기>

속미인곡에는 화자의 정서나 감정, 사상 등을 다른 사물이나 상황에 빗대어 표현하는 객관적 상관물이 등장한다. 그 하나는 화자의 고독을 부각하는 ( ㉠ )과 임의 부재에 따른 외로움을 드러내는 ( ㉡ )이다.

## ※ 다음 글을 읽고 물음에 답하시오.

"지식인일수록 불만이 많은 법입니다. 그러나, 그렇다고 제 몸을 없애 버리겠습니까? 종기가 났다고 말이지요. 당신 한 사람을 잃는 건, 무식한 사람 열을 잃는 것보다 더 큰 민족의 손실입니다. 당신은 아직 젊습니다. 우리 사회에는 할 일이 태산 같습니다. 나는 당신보다 나이를 약간 더 먹었다는 의미에서, 친구로서 충고하고 싶습니다. 조국의 품으로 돌아와서, 조국을 재건하는 일꾼이 돼 주십시오. 낯선 땅에 가서 고생하느니, 그쪽이 당신 개인으로서도 행복이라는 걸 믿어 의심치 않습니다. 나는 당신을 처음 보았을 때, 대단히 인상이 마음에 들었습니다. 뭐 어떻게 생각지 마십시오. 나는 동생처럼 여겨졌다는 말입니다. 만일 남한에 오는 경우에, 개인적인 조력을 제공할 용의가 있습니다. 어떻습니까?"

명준은 고개를 쳐들고, 반듯하게 된 천막 천장을 올려다본다. 한층 가락을 낮춘 목소리로 혼잣말 외듯 나직이 말할 것이다.

"중립국."

설득자는, 손에 들었던 연필 꼭지로, 테이블을 툭 치면서, 곁에 앉은 미군을 돌아볼 것이다. 미군은, 어깨를 추스르며, 눈을 찡긋하고 웃겠지. 나오는 문 앞에서, 서기의 책상 위에 놓인 명부에 이름을 적고 천막을 나서자, 그는 마치 재채기를 참았던 사람처럼 몸을 벌떡 뒤로 젖히면서, 마음껏 웃음을 터뜨렸다. 눈물이 찔끔찔끔 번지고, 침이 걸려서 캑캑거리면서도 그의 웃음은 멎지 않았다. 준다고 바다를 마실 수는 없는 일. 사람이 마시기는 한 사발의 물. 준다는 것도 허황하고 가지거니 함도 철없는 일. 바다와 한 잔의 물. 그 사이에 놓인 골짜기와 눈물과 땀과 피. 그것을 셈할 줄 모르는 데 잘못이 있었다. 세상에서 뒤진 가난한 땅에 자란 지식 노동자의 슬픈 환장. 과학을 믿은 게 아니라 마술을 믿었던 게지. 바다를 한 잔의 영생수로 바꿔 준다는 마술사의 말을. 그들은 뻔히 알면서 권력이라는 약을 팔려고 말로 속인 꾀임을. 어리석게 신비한 술잔을 찾아 나섰다가, 낌새를 차리고 항구를 돌아보자, 그들은 항구를 차지하고 움직이지 않고 있었다. 참을 알고 돌아온 바다의 난파자들을 그들은 감옥에 가둘 것이다. 못된 균을 옮기지 않기 위해서.

— 최인훈, 「광장」

## 6. 윗글을 바탕으로 <보기>의 빈칸에 들어갈 말을 쓰시오.

──────────── <보기> ────────────

작품에서 (        )은 남한과 북한사회에 환멸을 느낀 명준이 절망적 상황에서 선택한 공간이다. 이는 남한도 북한도 아닌 제3의 국가로서, 남과 북 어느 곳도 택하지

앉겠다는 명준의 의지를 표현하는 말이기도 한다.

7. 여학생 5명, 남학생 3명 중에서 4명의 학급 임원을 선출할 때, 여학생과 남학생을 각 1명 이상씩 뽑는 경우의 수를 구하시오.

8. 학생A, B, C, D, E가 순서대로 일렬로 줄을 설 때, A학생이 B학생보다 왼쪽에 오고 A학생과 B학생이 서로 이웃하지 않는 경우의 수를 구하시오.

**9.** $a > 1$일 때, $\displaystyle\lim_{x \to 1} \frac{|x-a|-(a-1)}{x-1}$ 의 값을 구하시오.

**10.** $\displaystyle\lim_{x \to -1} \frac{x^3 - 2x^2 - x + 2}{x+1}$ 의 값을 구하시오.

**11.** $\displaystyle\lim_{x \to 3} \frac{x^2 - 3x}{\sqrt{x+1}-2}$ 의 값을 구하시오.

**12.** $f(x) = \begin{cases} 2x + 10 & (x < 1) \\ x + a & (x \geq 1) \end{cases}$ 이 실수 전체의 집합에서 연속이 되도록 하는 상수 $a$의 값을 구하시오.

**13.** $\lim\limits_{x \to 1} \dfrac{\sqrt{3x+1} - \sqrt{x+3}}{x^2 - 1}$ 의 값을 구하시오.

**14.** $\displaystyle\int_{-3}^{3} (x^3 + 4x^2)dx + \int_{3}^{-3} (x^3 + x^2)dx$의 값을 구하시오.

**15.** 상수항과 계수가 모두 정수인 두 다항함수 $f(x)$, $g(x)$가 다음 조건을 만족시킬 때, $f(2)$의 최댓값을 구하시오.

---

(가) $\displaystyle\lim_{x \to \infty} \frac{f(x)g(x)}{x^3} = 2$　　　　(나) $\displaystyle\lim_{x \to 0} \frac{f(x)g(x)}{x^2} = -4$

---

# 1회 가천대 논술 모의고사 정답

| 문항 | 정답 |
|---|---|
| 1 | ㉠ 문화 산업론 ㉡ 저항적 대중문화 |
| 2 | ㉠ 질문 ㉡ 시각 |
| 3 | ㉠ 정의 ㉡ 헌법 |
| 4 | ㉠ 안은 문장 ㉡ 이어진 문장 |
| 5 | ㉠ 빈 비 ㉡ 반벽청등 |
| 6 | 중립국 |
| 7 | 65 |
| 8 | 36 |
| 9 | 1 |
| 10 | 6 |
| 11 | 12 |
| 12 | 11 |
| 13 | $\dfrac{1}{4}$ |
| 14 | 54 |
| 15 | 8 |

## 【 정답 풀이 】

1. 5문단을 통해, 엘리아데는 제의를 통한 신화의 재연을 통해 성스러움을 회복할 수 있다고 보았음을 알 수 있다.

2. 1문단에서 학생회장은 질문을 통해 청중의 기억을 환기시키고, 시각자료(사진, 홍보자료)를 활용하여 연설 내용을 효과적으로 전달하고 있다.

3. (가)에서는 노키즈 존의 정으로 밝히며, 노키즈존이 확대되고 있는 이유를 밝히고 있다. (나)에서는 헌법의 내용을 근거로 찬성 측의 주장이 타당하지 않음을 제시하고 있다.

4. 안은 문장은 주어와 서술어의 관계가 두 번 이상 이루어지며 성분 절을 가진 문장이며, 2개 이상의 문장이 이어진 문장을 말한다.

5. 빈 비는 임과 헤어져 외로운 처지가 된 화자의 신세를 비유하며 반벽청등은 님이 보시고 자신을 찾아오기를 바라는 뜻에서 켜놓은 것으로써, 기다림의 정서가 반영된 소재이다.

6. 중립국은 남한과 북한의 이념 중 하나를 선택할 것을 강요받는 상황에서 어느 곳도 선택하지 않겠다는 명준의 의지를 드러내는 장소이다.

7. 학생 8명 중 학급임원을 4명을 뽑는 경우의 수는 서로 다른 8개에서 4개를 택하는 조합의 수와 같다. 따라서 $_8C_4 = \dfrac{8 \times 7 \times 6 \times 5}{4 \times 3 \times 2 \times 1} = 70$

여학생과 남학생이 각 1명 이상씩 있도록 뽑지 않는 경우는 여학생 중 학급임원 4명을 뽑거나 남학생 중 학급임원 4명을 뽑는 경우이다. 그런데 남학생은 3명뿐이라 남학생 중 학급임원 4명을 뽑는 경우는 없다. 여학생 5명 중 학급임원 4명을 뽑는 경우의 수는 서로 다른 5개에서 4개를 택하는 조합의 수와 같으므로 $_5C_4 = {_5C_1} = 5$

따라서 구하는 경우의 수는 $70-5=65$

8. A, B를 제외한 C, D, E를 나열한 경우의 수는 $3!=3 \times 2 \times 1 = 6$

A가 B보다 왼쪽에 오고 서로 이웃하지 않아야 하므로 세 학생 C, D, E의 사이사이와 양 끝의 4개의 자리 중에서 A, B가 올 2개 자리를 택하면 된다.

이 경우의 수는 $_4C_2 = \dfrac{4 \times 3}{2 \times 1} = 6$

따라서 경우의 수는 $6 \times 6 = 36$

9. $a > 1$이므로 $x \to 1$일 때, $|x-a| = -(x-a)$

$$\lim_{x \to 1} \frac{-(x-a)-(a-1)}{x-1} = \lim_{x \to 1} \frac{-x+1}{x-1} = -1$$

10. $\displaystyle \lim_{x \to -1} \frac{(x+1)(x-1)(x-2)}{(x+1)} = 6$

11. $\displaystyle \lim_{x \to 3} \frac{x^2-3x}{\sqrt{x+1}-2}$

$$= \lim_{x \to 3} \frac{x(x-3)(\sqrt{x+1}+2)}{x-3}$$

$$= \lim_{x \to 3} x(\sqrt{x+1}+2)$$

$$= 3(\sqrt{3+1}+2)$$

$$= 3 \cdot 4 = 12$$

12. 함수 $f(x)$가 실수 전체의 집합에서 연속이려면 $x=1$에서 연속이어야 하므로

$$\lim_{x \to 1-0} f(x) = \lim_{x \to 1+0} f(x) = f(1)$$

즉, $\displaystyle \lim_{x \to 1-0} (2x+10) = \lim_{x \to 1+0} (x+a) = 1+a$ 이어야 하므로 $12 = 1+a$

$\therefore a = 11$

13. $\displaystyle \lim_{x \to 1} \frac{\sqrt{3x+1}-\sqrt{x+3}}{x^2-1}$

$$= \lim_{x \to 1} \frac{2x-2}{(x-1)(x+1)(\sqrt{3x+1}+\sqrt{x+3})}$$

$$= \lim_{x \to 1} \frac{2}{(x+1)(\sqrt{3x+1}+\sqrt{x+3})} = \frac{1}{4}$$

**14.** $\int_{-3}^{3}(x^3+4x^2)dx + \int_{3}^{-3}(x^3+x^2)dx = \int_{-3}^{3}(x^3+4x^2)dx - \int_{-3}^{3}(x^3+x^2)dx = \int_{-3}^{3}\left(x^3+4x^2-x^3-x^2\right)dx$

$= \int_{-3}^{3}3x^2\,dx = \left[x^3\right]_{-3}^{3} = 54$

**15.** 조건 **(가)**, **(나)**에 의하여 $f(x)g(x) = x^2(2x+a)$ ($a$는 상수)로 놓을 수 있다. 조건 **(나)**에 의하여 $a=-4$이므로 $f(x)g(x) = 2x^2(x-2)$이때 $f(2)$가 최대가 되는 $f(x)$는 $f(x) = 2x^2$이므로 구하는 최댓값은 $f(2) = 8$

2022학년도 대입 논술 전형

# 약술형 논술고사

성명 :

수험번호 :

지원학과 :

소속 고등학교 :

## 【답안 작성 시 유의사항】

· 시험 시간은 80분입니다.

· 휴대폰, 전자계산기 등의 전자기기는 소지할 수 없습니다.

· 성명, 수험번호, 지원학과, 소속 고등학교명을 반드시 기입하십시오.

· 답안 작성은 답안지에 연필 또는 검은색 펜으로 명확하게 작성하십시오.

· 시험이 종료될 때까지 퇴실할 수 없습니다.

# 가천대 논술 모의고사 2회 [자연계열]

## ※ 다음 글을 읽고 물음에 답하시오.

존 피스크는 마르크스, 프랑크푸르트학파, 그람시 등의 기존 이론들이 대중을 과소평가해 왔다고 한계를 지적한다. 그는 대중문화가 문화 산업에 의해 생산되어 대중에게 일방적으로 부과되는 것이 아니라 오히려 대중에 의해 만들어진다고 주장한다. 만약 대중문화가 대중에게 일방적으로 강요되는 것이라거나 대중문화의 의미가 고정되어 있는 것이라면 대중은 그것을 수용하는 데에서 그다지 즐거움을 느낄 수 없기 때문에 선호하지 않게 될 것이다. 그렇게 되면 그것은 더 이상 대중적인 것이 될 수 없다. 그에 따르면 대중문화는 대중이 능동적으로 참여하여 다양한 의미를 산출해 낼 수 있는 '열린 의미 구조'를 갖고 있는 것이다.

피스크는 지배적인 힘으로부터 벗어나는 대중문화의 사례로 대중의 쇼핑 행위를 꼽는다. 예를 들어 어머니와 아이들은 상품을 사지도 않으면서 백화점을 냉난방 시설로 사용하기도 하며, 젊은이들은 돈이 없어도 백화점 안을 어슬렁거리며 자신들의 시간을 즐긴다. 이들은 때때로 번화한 상점들이 있는 거리를 자신들의 만남의 장소나 패션 연출을 통한 자기 전시의 공간으로 삼는다. 심지어 상품 진열장 앞이나 출입구 앞에 무리 지어 서 있으면서 다른 고객들의 구경이나 입장을 방해하는 것처럼 보이기도 한다. 이처럼 대중은 소비 자본주의 체제의 상징이라 할 수 있는 백화점이나 상점을 자신들의 편의나 이해관계에 맞게 변형시키면서 창조적으로 사용하는 능동적인 문화를 보여 준다. 이러한 사례를 통해 피스크는, 대중문화는 제공된 문화적 자원을 활용하는 과정에서 지배적 힘에 복종하지 않는 약자의 창조성을 특징으로 한다고 주장한다.

피스크의 견해에 따르면 대중은 동질적인 집단에 속하지 않는다. 대중은 다양한 정체성을 지닌 이질적인 집단들로 구성되며, 그 속의 각 개인들은 복잡한 사회적 관계망 속을 자유롭게 떠돌 수 있는 유목민적 주체들이다. 따라서 지배 계급과 피지배 계급이라는 이분법적 의식이 대중의 정체성이나 문화적 실천을 규정하는 결정적 요인일 수 없다. 대중은 문화 자원들로부터 각자의 다양한 상황적 맥락에 따라 각기 다른 다양한 의미들을 만들어 내는 과정을 통해 즐거움을 얻는다. 즉 대중문화의 창조성은 문화 자원들의 생산에 있는 것이 아니라 그것들을 생산적으로 이용하는 데 있다. 이는 문화 산업을 통해 문화 상품이 만들어지는 것이 아니라 대중이 스스로 대중문화를 만들어 가는 것을 의미한다.

그러나 피스크의 견해는 대중적 쾌락이나 대중문화의 가치는 지나치게 높이 평가한 반면, 사회적 생산 체계는 고려하지 못했다는 비판을 받는다. 또 대중 자체가 문화 산업의 산물일 수 있으며 대중의 선호 역시 대중문화에 의해 생겨날 수 있음을 간과했다는 비판도 받는다.

**1. 윗글을 바탕으로 <보기>의 빈칸을 채우시오.**

<보기>

피스크는 대중을 자율적·능동적인 존재로 파악하였으며, 대중의 정체성을 지배와 피지배의 ( ㉠ )으로 단순화할 수 없다고 보았다.

**※ 다음 글을 읽고 물음에 답하시오.**

연서: 이제 교내 연주회를 준비할 때가 된 것 같은데, 우리 동아리가 클래식 음악 동아리여서 아무래도 친구들의 참여를 이끌어 내는 것이 가장 중요할 것 같아. 이번에는 연주회를 어떻게 준비하면 좋을까?

재영: 작년에 했던 활동 중에 반응이 괜찮았던 활동을 생각해 보는 것도 좋을 것 같은데……. 작년에는 '사연 소개' 코너가 인기가 있었어. 친구들이 보내 준 사연을 연주회 사이사이에 소개하고, 나중에 사연을 보내 준 친구들을 대상으로 추첨을 해서 경품을 주었어. '사연 소개' 코너를 올해도 진행해 보면

어떨까?

준영: 그래, 생각난다. 작년 연주회에 제법 많은 친구들이 찾아왔던 것 같아. 올해도 '사연 소개' 코너를 진행해 보면 좋겠다. 그리고 또 다른 활동은 없을까?

연서: 음…… 혹시 연주곡에 담긴 이야기를 소개하는 건 어때? 곡만 연주하는 것이 아닌 곡에 담긴 이야기를 먼저 소개해 주고 이어서 곡을 연주하는 거야.

준영: 좋은 생각이다. 그렇게 하면 클래식을 잘 모르는 친구들도 좀 더 흥미를 느낄 수 있을 것 같아.

재영: 그래. 비교적 많이 알려진 곡이어도 그 곡에 담긴 이야기에 대해서는 모르는 친구들이 많을 것 같아. 이야기를 소개한 후에 곡을 연주하면 곡에 대한 이해와 감상에도 도움이 될 것 같고.

연서: 좋아. 그럼 이번에는 연주곡에 담긴 이야기를 소개하는 코너를 추가해 보자.

준영: 그럼 어떤 곡이 좋을까? 음……. 베토벤의 9번 교향곡은 어때? 합창 교향곡으로 비교적 많이 알려진 곡이지만, 이 곡이 베토벤 생전의 마지막 교향곡으로, 청력이 거의 상실된 상태에서 어려움을 극복하고 완성한 작품이라는 것은 잘 모를 것 같아. 그리고 그동안 기악곡으로 생각되어 오던 교향곡에 합

창을 등장시켜 교향곡의 새로운 가능성을 열었다는 점도 말이야.

재영: 우와, 좋은 생각이야. 지난해가 베토벤 탄생 250주년이기도 하니까, 베토벤의 곡을 연주하는 것도 의미 있을 것 같아. 그런데 교향곡은 규모가 너무 커서 우리 동아리에서 연주하기에는 좀 어렵지 않을까?

준영: 그래. 맞아. 그럼 베토벤 9번 교향곡에 담긴 이야기와 명연주를 먼저 소개하고, 우리 동아리에서는 이 곡을 리스트가 피아노로 편곡한 것을 연주하면 어떨까?

연서: 응, 그래. 그게 좋을 것 같아. 그리고 베토벤 9번 교향곡에 나오는 합창은 베토벤이 인상 깊게 읽은 「환희의 송가」라는 시에 곡을 붙인 것이라는 것도 함께 소개하면 좋을 것 같은데.

준영: 좋아. 점점 계획이 훌륭해지는걸. 그럼 우리 이번 연주회의 첫 번째 곡은 베토벤 9번 교향곡으로 정하자.


**2. 윗글을 바탕으로 <보기>의 빈칸을 채우시오.**

<보기>

위의 대화에서 준영과 재영은 연서의 의견에 대한 긍정적인 (　㉠　)를 검토하여 그 의견에 (　㉡　)하고 있다.

**※ 다음 글을 읽고 물음에 답하시오.**

　최근 배달 수요가 증가하고 일회용품 사용 규제가 일시적으로 완화되면서 쓰레기 배출량 또한 급증하고 있다고 합니다. 쓰레기의 발생량을 줄이는 것이 최선이겠지만, 불가피하게 발생한 쓰레기는 철저하게 분리 배출하여 자원의 재활용률을 높이고 쓰레기가 환경에 미치는 부정적인 영향을 최소화하도록 노력해야 합니다. 우리나라의 경우 쓰레기 분리배출이 잘되어 재활용률이 1%만 올라가도 쓰레기 처리 비용을 대략 600억 원 정도 절감하는 효과를 낼 수 있다는 점에서, 쓰레기 분리배출을 위해 노력하는 일은 자원의 재활용을 촉진하는 일임과 동시에 사회적 비용을 절감하는 방법이 됩니다.

　우리 학생들 역시 학교생활 중에 종이컵, 플라스틱 컵, 빨대, 물티슈, 마스크와 같은 일회용품을 포함하여 다양한 종류의 쓰레기를 발생시키고 있으므로, 쓰레기 재활용률을 높이기 위한 노력에 동참하는 차원에서 교내에서 발생한 쓰레기의 배출 및 수거에 관심을 가질 필요가 있습니다. 이러한 이유로 학생회가 학교에서 발생하는 쓰레기의 분리배출 및 수거가 잘 이루어질 수 있도록 노력해 주면 좋겠습니다. 먼저 학생회에서 쓰레기 분리배출의 필요성을 공론화하고, 학생들로 하여금 플라스틱류, 캔류, 비닐류, 종이류 등과 같이 재활용이 가능한 쓰레기의 분리배출에 관심을 갖도록 유도할 필요가 있다고 생각합니다. 또한 학생회 주도로 교실 내 쓰레기 수거함의 세분화, 쓰레기 배출 시간과 방법 등과 같이 쓰레기를 배출하고 수거하는 방식에 대해 논의하고, 그 논의 결과를 반영하여 우리 학교 실정에 맞는 쓰레기 배출 및 수거 방안을 마련할 필요가 있습니다. 그리고 쓰레기 분리배출이 잘 이루어질 때까지 학급의 쓰레기 배출 시간을 종례 후로 한정하고, 학생회에서 그 시간에 각 학급에서 배출한 쓰레기 분리 상태를 점검하여 철저한 쓰레기 분리배출 문화가 학교에 정착되도록 노력하는 것도 좋겠습니다.

　교내에서 발생한 쓰레기를 종류에 따라 분리하여 배출하는 것은 분명 귀찮고 번거로운 일이겠지만, 우리 학생들이 쓰레기의 배출 및 수거에 관심을 가지는 것은 중요합니다. 따라서 교내 쓰레기 분리배출 활성화를 위해, 학생회가 쓰레기 분리배출에 학생들의 적극적인 참여를 권유하는 홍보물을 제작하여 배포하는 활동이나 쓰레기 분리배출의 효과나 필요성에 대한 학생들의 인식을 개선할 수 있는 캠페인을 시작해 줄 것을 요청합니다.

**3. 윗글을 바탕으로 <보기>의 빈칸을 채우시오.**

<보기>

 윗글에서 쓰레기 배출량 (　㉠　)을 언급하며 쓰레기 분리배출에 관심을 가져야함을 주장하고 있다. 특히 구체적 수치를 제시하여 쓰레기 분리배출이 사회적 비용을 (　㉡　) 할 수 있음을 밝히고 있다.

**※ 다음 <보기>를 읽고 물음에 답하시오.**

<보기>

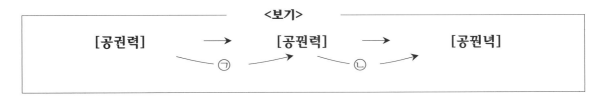

[공권력]　→　[공꿘력]　→　[공꿘녁]

　　　　　㉠　　　　　㉡

**4. <보기>의 ㉠, ㉡에 적용되는 음운 현상을 쓰시오.**

**※ 다음 글을 읽고 물음에 답하시오.**

가을은 그 가을이 바람 불고 잎 드는데
가신 님 어이하여 돌오실 줄 모르는가
살뜰히 기르신 아이 옷 품 준 줄 아소서

<제1수>

부른 배 골리보고 나은 얼굴 병만 여겨
하루도 열두 시로 곤 어떨까 하시더니
밤송인 쭉으렁인 채 그저 달려 삽내다

<제2수>

바릿밥 남 주시고 잡숫느니 찬 것이며
두둑히 다 입히고 겨울이라 엷은 옷을
솜치마 좋다시더니 보공 되고 말어라.

<제12수>

안방에 불 비치면 하마 님이 계시온 듯
닫힌 창 바삐 열고 몇 번이나 울었던고
산속에 추위 이르니 님을 어이하올고.

<제16수>

설워라 설워라 해도 아들도 딴 몸이라
무덤 풀 욱은 오늘 이 살 붙어 있단 말가
빈말로 설운 양함을 뉘나 믿지 마옵소.

<제40수>

- 정인보, 「자모사(慈母思)」

**5. 윗글을 바탕으로 <보기>의 빈칸을 채우시오.**

<보기>

자모사는 돌아가신 어머니를 회고하며 느끼는 어머니에 대한 사랑과 그리움을 담은 작품이다. 이렇듯 효도를 다하지 못했는데 부모님이 돌아가시어, 효도하고 싶어도 할 수 없는 슬픔을 이르는 사자성어는 (          )이다.

## ※ 다음 글을 읽고 물음에 답하시오.

나는 어디까지든지 내 방이 ― 집이 아니다. 집은 없다. ― 마음에 들었다. 방 안의 기온은 내 체온을 위하여 쾌적하였고, 방 안의 침침한 정도가 또한 내 안력을 위하여 쾌적하였다. 나는 내 방 이상의 서늘한 방도, 또 따뜻한 방도 희망하지 않았다. 이 이상으로 밝거나 이 이상으로 아늑한 방을 원하지 않았다. 내 방은 나 하나를 위하여 요만한 정도를 꾸준히 지키는 것 같아 늘 내 방에 감사하였고 나는 또 이런 방을 위하여 이 세상에 태어난 것만 같아서 즐거웠다.

그러나 이것은 행복이라든가 불행이라든가 하는 것을 계산하는 것은 아니었다. 말하자면 나는 내가 행복되다고도 생각할 필요가 없었고, 그렇다고 불행하다고도 생각할 필요가 없었다. 그냥 그날그날을 그저 까닭 없이 펀둥펀둥 게으르고만 있으면 만사는 그만이었던 것이다.

내 몸과 마음에 옷처럼 잘 맞는 방 속에서 뒹굴면서, 축 처져 있는 것은 행복이니 불행이니 하는 그런 세속적인 계산을 떠난, 가장 편리하고 안일한, 말하자면 절대적인 상태인 것이다. 나는 이런 상태가 좋았다.

이 절대적인 내 방은 대문간에서 세어서 똑 일곱째 칸이다. 럭키 세븐의 뜻이 없지 않다. 나는 이 일곱이라는 숫자를 훈장처럼 사랑하였다. 이런 이 방이 가운데 장지로 말미암아 두 칸으로 나뉘어 있었다는 그것이 내 운명의 상징이었던 것을 누가 알랴?

(중략)

나는 어디로 어디로 들입다 쏘다녔는지 하나도 모른다. 다만 몇 시간 후에 내가 미쓰꼬시 옥상에 있는 것을 깨달았을 때는 거의 대낮이었다.

나는 거기 아무 데나 주저앉아서 내 자라 온 스물여섯 해를 회고하여 보았다. 몽롱한 기억 속에서는 이렇다는 아무 제목도 불그러져 나오지 않았다.

나는 또 나 자신에게 물어보았다. 너는 인생에 무슨 욕심이 있느냐고. 그러나 있다고도 없다고도, 그런 대답은 하기가 싫었다. 나는 거의 나 자신의 존재를 인식하기조차도 어려웠다. 허리를 굽혀서 나는 그저 금붕어나 들여다보고 있었다. 금붕어는 참 잘들도 생겼다. 작은 놈은 작은놈대로 큰 놈은 큰 놈대로 다 싱싱하니 보기 좋았다. 내리비치는

115

오월 햇살에 금붕어들은 그릇 바탕에 그림자를 내려뜨렸다. 지느러미는 하늘하늘 손수건을 흔드는 흉내를 낸다. 나는 이 지느러미 수효를 헤어 보기도 하면서 굽힌 허리를 좀처럼 펴지 않았다. 등허리가 따뜻하다. 나는 또 회탁의 거리를 내려다보았다. 거기서는 피곤한 생활이 똑 금붕어 지느러미처럼 흐늑흐늑 허비적거렸다. 눈에 보이지 않는 끈적끈적한 줄에 엉켜서 헤어나지를 못한다. 나는 피로와 공복 때문에 무너져 들어가는 몸뚱이를 끌고 그 회탁의 거리 속으로 섞여 들어가지 않는 수도 없다 생각하였다. 나서서 나는 또 문득 생각하여 보았다. 이 발길이 지금 어디로 향하여 가는 것인가를…….

– 이상, 「날개」

**6. 윗글을 바탕으로 <보기>의 빈칸을 채우시오.**

<보기>

작품에 등장하는 ( ㉠ )는 당시 근대 문명 의 눈부신 성과들이 집약된 공간으로 '나'가 근대 문명의 사회 현실을 느끼며 무기력한 자신의 모습을 성찰하게 하는 공간이라면, ( ㉡ )은 아내와 단절된 채 고립되어 생활하고 있는 무기력한 '나'의 처지를 상징하는 공간이다.

**7. 다른 종류 과자 5개, 같은 종류 껌 7개, 같은 종류 주머니 3개가 있다. 과자는 3개를 선택해 각 주머니에 1개씩 나누어 담고, 껌은 7개 모두를 각 주머니에 1개 이상씩 들어가도록 나누어 담는 경우의 수를 구하시오.**

116

**8.** $N = {}_{11}C_2 + {}_{11}C_4 + {}_{11}C_6 + {}_{11}C_8 + {}_{11}C_{10}$**일 때, $N$의 양의 약수의 개수를 구하시오.**

**9.** $\left(2x - \dfrac{1}{2x^2}\right)^n$**의 전개식에서 상수항이 존재하도록 하는 자연수 $n$의 최솟값을 구하시오.**

**10. 두 함수** $f(x) = \dfrac{1}{3}x(4-x)$, $g(x) = |x-1| - 1$**의 그래프로 둘러싸인 부분의 넓이를 $S$ 라 할 때, $4S$의 값을 구하시오.**

**11.** $\lim\limits_{n\to\infty}\dfrac{5n^2+3n}{(2n+1)(2n-1)}$ 의 값을 구하시오.

**12. 함수** $f(x)=\lim\limits_{n\to\infty}\dfrac{ax^{n+1}+4x+1}{x^n+b}$ **이** $x=1$**에서 연속이 되도록 자연수** $a$, $b$**의 값을 정할 때,** $a^2+b^2$**의 값을 구하시오.**

**13. 최고차항의 계수가** $1$**인 이차함수** $f(x)$

**와 함수** $g(x)=\begin{cases} -|x|+2 & (|x|\le 2) \\ 1 & (|x|>2) \end{cases}$ **에 대해**

**함수** $f(x)g(x)$**가 실수 전체의 집합에서 연속이다. 함수** $y=f(x-a)g(x)$**의 그래프가 한 점에서만 불연속이 되도록 하는 모든 실수** $a$**의 값의 곱을 구하시오.**

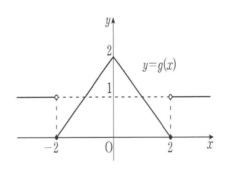

**14.** 다음 조건을 만족시키는 모든 다항함수 $f(x)$에 대하여 $f(1)$의 최댓값을 구하시오.

$$\lim_{x \to \infty} \frac{f(x) - 4x^3 + 3x^2}{x^{n+1} + 1} = 6, \quad \lim_{x \to 0} \frac{f(x)}{x^n} = 4$$인 자연수 $n$이 존재한다.

**15.** 다음 조건을 만족시키는 모든 다항함수 $f(x)$에 대하여 $f(1)$의 최댓값을 구하시오.

**(가)** $\lim_{x \to \infty} \left\{ \dfrac{f(x)}{x^2} + 1 \right\} = 0$      **(나)** $\lim_{x \to 0} \dfrac{f(x) - 3}{x^2} = -1$

# 2회 가천대 논술 모의고사 정답

| 문항 | 정답 |
|---|---|
| 1 | 이분법적 의식 |
| 2 | ㉠ 효과(반응) ㉡ 동의 |
| 3 | ㉠ 급증 ㉡ 절감 |
| 4 | ㉠ 된소리되기 ㉡ 비음화 |
| 5 | 풍수지탄(風樹之歎) |
| 6 | ㉠ 미쓰꼬시 옥상 ㉡ 방 |
| 7 | 150 |
| 8 | 8 |
| 9 | 3 |
| 10 | 14 |
| 11 | 0 |
| 12 | 26 |
| 13 | -16 |
| 14 | 14 |
| 15 | 2 |

## 【 정답 풀이 】

1. 3문단을 통해, 대중문화에서 대중의 속성과 역할을 설명하며 피스크는 대중의 정체성을 지배와 피지배의 이분법적 의식으로 단순화할 수 없다고 판단했음을 알 수 있다.

2. 대화에서 재영과 준영은 연주곡에 담긴 이야기를 소개하자는 연서의 의견을 듣고 그에 따른 긍정적인 효과를 검토하여 연서의 의견에 동의하고 있다.

3. 1문단에서 쓰레기 배출량 급증을 언급하고 있으며, 쓰레기 분리배출이 자원의 사회적 비용 절감 효과를 낼 수 있음을 구체적 수치로 제시하고 있다.

4. '공권력'이 [공꿘력]이 된 것은 예사소리 'ㄱ'이 된소리 'ㄲ'이 되는 된소리되기 현상이 적용된 것이고, [공꿘력]이 [공꿘녁]이 된 것은 유음 'ㄹ'이 앞말의 끝소리인 비음 'ㄴ'의 영향을 받아 비음 'ㄴ'이 된 것으로 비음화 현상이 적용된 것이다.

5. 제40수의 중장에서는 효도를 다하지 못한 것에 대한 자책이 드러난다.

6. 미쓰꼬시는 경성에 자리한 백화점이다. 이곳 옥상에서 '나'는 자신의 삶을 성찰하게 된다. 또한 대문간에서 일곱째 칸에 있는 나의 방은 아내와 단절되어 고립된 생활을 하는 나의 처지를 상징하는 공간이다.

7. 주머니는 서로 구별되지 않는다. 따라서 각 주머니에 과자 1개씩 들어가도록 나누어 담

는 경우의 수는 서로 다른 종류의 과자 5개 중 3개를 택하는 조합의 수와 같다.

$$_5C_3 = {}_5C_2 = \frac{5 \times 4}{2 \times 1} = 10$$

각 주머니마다 구슬을 1개씩 넣은 후 나머지 구슬 4개를 주머니 3개에 나누어 담으면 된다. 남아 있는 서로 같은 종류의 구슬 4개를 서로 다른 주머니 3개에 어김없이 나누어 담는 경우의 수는 서로 다른 3개에서 4개를 택하는 중복조합의 수와 같다.

$$_3H_4 = {}_{3+4-1}C_4 = {}_6C_4 = {}_6C_2$$

$$= \frac{6 \times 5}{2 \times 1} = 15$$ **따라서 경우의 수는** $10 \times 15 = 150$

8. $N = {}_{11}C_2 + {}_{11}C_4 + {}_{11}C_6 + {}_{11}C_8 + {}_{11}C_0$

$$= ({}_{11}C_0 + {}_{11}C_2 + {}_{11}C_4 + {}_{11}C_6 + {}_{11}C_8 + {}_{11}C_{10}) - {}_1C_0$$

$$= 2^{11-1} - 1$$

$$= 2^{10} - 1$$

$$= (2^5 - 1)(2^5 + 1)$$

$$= 31 \times 33 = 31 \times 3 \times 11$$

**따라서 N의 양의 약수의 개수는** $2 \times 2 \times 2 = 8$

9. $\left(2x - \dfrac{1}{2x^2}\right)^n$ **의 전개식의 일반항은** ${}_nC_r(2x)^{n-r}\left(-\dfrac{1}{2x^2}\right)^r = {}_nC_r(-1)^r 2^{n-2r} x^{n-3r}$

**상수항은** $n - 3r = 0$, **즉** $n = 3r$**일 때이므로 이를 만족시키는 순서쌍** $(r,\ n)$**은**

$(1,\ 3),\ (2,\ 6),\ (3,\ 9),\ \cdots$ **따라서 상수항이 존재하도록 하는 자연수** $n$**의 최솟값은** 3.

10. **두 함수** $f(x) = \dfrac{1}{3}x(4-x)$, $g(x) = |x-1| - 1$**의 그래프는 다음과 같다.**

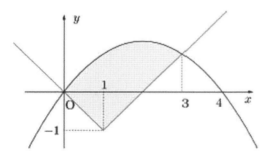

$x < 1$**일 때,** $g(x) = -x$**이므로** $\dfrac{1}{3}x(4-x) = -x$**에서** $4x - x^2 = 3x - 6$,

$x^2 - x - 6 = (x-3)(x+2) = 0\ x = 3$

**따라서 구하는 넓이는** $S = \displaystyle\int_0^1 \{f(x) - g(x)\}dx + \int_1^3 \{f(x) - g(x)\}dx$

$$= \int_0^1 \left(-\frac{1}{3}x^2 + \frac{7}{3}x\right)dx + \int_1^3 \left(-\frac{1}{3}x^2 + \frac{1}{3}x + 2\right)dx$$

$$= \left[ -\frac{1}{9}x^3 + \frac{7}{6}x^2 \right]_0^1 + \left[ -\frac{1}{9}x^3 + \frac{1}{6}x^2 + 2x \right]_1^3$$

$$= \left( -\frac{1}{9} + \frac{7}{6} \right) + \left\{ \left( -3 + \frac{3}{2} + 6 \right) - \left( -\frac{1}{9} + \frac{1}{6} + 2 \right) \right\} = \frac{7}{2} \qquad \textbf{이므로} 4S = 14$$

**11.** $\displaystyle\lim_{n \to \infty} \frac{5n^2 + 3n}{(2n+1)(2n-1)}$

$$= \lim_{n \to \infty} \frac{5n^2 + 3n}{4n^2 - 1} = \lim_{n \to \infty} \frac{5 + \dfrac{3}{n}}{4 - \dfrac{1}{n^2}}$$

$$= \frac{5}{4} \quad \left( \because \lim_{n \to \infty} \frac{3}{n} = \lim_{n \to \infty} \frac{1}{n^2} = 0 \right)$$

**12.** $f(1) = \displaystyle\lim_{x \to 1+0} f(x) = \lim_{x \to 1-0} f(x)$**이어야 하므로**

$\dfrac{a+5}{1+b} = a = \dfrac{5}{b}$**에서** $ab = 5$

$a = 1,\ b = 5$ **또는** $a = 5,\ b = 1$**이므로** $a^2 + b^2 = 26$

**13.** $\displaystyle\lim_{x \to 2+} f(x)g(x) = \lim_{x \to 2+} f(x) \times \lim_{x \to 2+} g(x) = \lim_{x \to 2+} f(x)$

$\displaystyle\lim_{x \to 2-} f(x)g(x) = \lim_{x \to 2-} f(x) \times \lim_{x \to 2-} g(x) = 0$**이고**

**함수** $f(x)g(x)$**가** $x = 2$**에서 연속이므로** $f(2) = \displaystyle\lim_{x \to 2+} f(x) = 0$

**같은 방법으로** $f(-2) = \displaystyle\lim_{x \to -2-} f(x) = 0$ **그러므로** $f(x) = (x+2)(x-2)$

**함수** $f(x-a)g(x) = (x-a+2)(x-a-2)g(x)$**의 그래프가 한 점에서만 불연속이 되기 위해서는**

$a - 2 = 2$ **또는** $a + 2 = -2$ **이므로** $a = 4$ **또는** $a = -4$ **따라서 구하는 값은** $4 \times (-4) = -16$

**14.** **( i )** $n = 1$**일 때,**

$$\lim_{n \to \infty} \frac{f(x) - 4x^3 + 3x^2}{x^2 + 1} = 6 \quad \lim_{x \to 0} \frac{f(x)}{x} = 4 \ \text{를 만족시키려면}$$

$f(x) = 4x^3 + 3x^2 + ax$ **(**$a$**는 상수) 의 꼴이어야 한다. 이때,**

$$\lim_{x \to 0} \frac{f(x)}{x} = \lim_{x \to 0}(4x^2 + 3x + a) = a \text{ 이므로 } a = 4 \quad \text{즉, } f(x) = 4x^3 + 3x^2 + 4x \text{이므로}$$

$f(1) = 4 + 3 + 4 = 11$

**(ii)** $n = 2$**일 때,**

$$\lim_{n \to \infty} \frac{f(x) - 4x^3 + 3x^2}{x^3 + 1} = 6 \quad \lim_{x \to 0} \frac{f(x)}{x^2} = 4 \ \text{를 만족시키려면}$$

$f(x) = 10x^3 + bx^2$ **(**$b$**는 상수) 의 꼴이어야 한다. 이때,**

$$\lim_{x \to 0} \frac{f(x)}{x} = \lim_{x \to 0}(10x+b) = b \text{ 이므로 } b = 4 \text{ 즉, } f(x) = 10x^3 + 4x^2 \text{이므로}$$

$$f(1) = 10 + 4 = 14$$

**(iii)** $n \geq 3$ **일 때,**

$$\lim_{n \to \infty} \frac{f(x) - 4x^3 + 3x^2}{x^{n+1} + 1} = 6 \quad \lim_{x \to 0}\frac{f(x)}{x^n} = 4 \text{ 를 만족시키려면} f(x) = 6x^{n+1} + cx^n \text{ (}c\text{는 상수)}$$

**의 꼴이어야 한다. 이때,**

$$\lim_{x \to 0}\frac{f(x)}{x^n} = \lim_{x \to 0}(6x+c) = c \text{ 이므로 } c = 4 \text{ 즉, } f(x) = 6x^{n+1} + 4x^n \text{이므로}$$

$$f(1) = 6 + 4 = 10$$

**( i )~(iii)에 의하여 구하는 $f(1)$의 최댓값은 $14$**

**15.** **(가)에서** $\lim_{x \to \infty}\dfrac{f(x)}{x^2} = -1$**이므로** $f(x)$**는 이차항의 계수가 $-1$인 이차함수이다.**

$f(x) = -x^2 + ax + b$ $(a,\ b$**는 상수)라 하면 (나)에서** $\lim_{x \to 0}\dfrac{f(x)-3}{x^2} = -1$**이고**

$\lim_{x \to 0} x^2 = 0$**이므로** $\lim_{x \to 0}\{f(x)-3\} = 0,\ b = 3$

**그러므로** $\lim_{x \to 0}\dfrac{f(x)-3}{x^2} = \lim_{x \to 0}\dfrac{-x^2+ax}{x^2} = \lim_{x \to 0}\left(-1+\dfrac{a}{x}\right) = -1$**에서** $a = 0$**이다.**

**따라서** $f(x) = -x^2 + 3$**이므로** $f(1) = 2$

2022학년도 대입 논술 전형

# 약술형 논술고사

성명 :

수험번호 :

지원학과 :

소속 고등학교 :

## 【답안 작성 시 유의사항】

· 시험 시간은 80분입니다.

· 휴대폰, 전자계산기 등의 전자기기는 소지할 수 없습니다.

· 성명, 수험번호, 지원학과, 소속 고등학교명을 반드시 기입하십시오.

· 답안 작성은 답안지에 연필 또는 검은색 펜으로 명확하게 작성하십시오.

· 시험이 종료될 때까지 퇴실할 수 없습니다.

# 가천대 논술 모의고사 3회 [자연계열]

## ※ 다음 글을 읽고 물음에 답하시오.

심리학자들은 수렴적 사고와 발산적 사고를 대조적인 사고 패턴으로 구분한다. 논리에 입각한 표준 알고리즘을 사용하는 수렴적 사고는 다양한 문제 풀이에 동원된다. 예를 들어, 의사들은 열이 있고 의식이 없는 사람을 보면 감염이나 열 발작 때문일 수 있다고 생각한다. 거기에 추가하여 환자가 목이 뻣뻣하다면 환자의 열과 무의식은 중추 신경계의 감염, 즉 뇌척수막염과 관련이 있을 가능성이 높다고 판단한다. 추가적인 수렴적 증거를 얻기 위하여 의사는 뇌척수액 검사를 시행할 수 있고 그 결과, 뇌척수액 속에 백혈구가 일정 기준 이상 증가 되어 있으면 감염을 의심하고, 세균 및 바이러스 등의 감염원을 파악해 치료를 시작한다. 그렇지만 수렴적 증거를 발견하여 선택지의 범위를 좁혀 나가는 논리적 알고리즘이 적용되지 않는 예외적 경우인 변칙 현상이 발생하면 수렴적 사고는 난관에 봉착한다.

이렇게 사람들이 논리적 알고리즘으로 그들의 관찰을 설명할 수 없을 때에는 발산적 사고를 동원하는 것이 해결책이다. 발산적 사고는 다양한 해결책을 탐색함으로써 창의적인 아이디어를 생각해 내는 데 사용되는 사고 과정이나 방법을 일컫는다. 사람들은 종종 변칙 현상들을 맞닥뜨리게 되는데 자신의 사고 과정을 수렴적 사고에 제한하는 사람은 변칙적인 관찰 사례들을 무시하게 된다. 그러나 발산적 사고를 하는 사람은 이러한 변칙 현상을 새로운 선택지를 발견하는 모험을 시작하기 위해 사용한다. 발산적 사고는 널리 퍼진 생각이나 표현의 양상에서 벗어나 다른 방향으로 나아가는 것을 가능하게 해 준다. 그러므로 발산적 사고를 하는 사람은 변칙 현상을 보고 이 관찰 사례가 들어맞는 틀이 없다는 것을 인식했을 때 새로운 틀을 찾아낸다.

발산적 사고와 전두엽의 관계는 일찍부터 알려져 왔다. 위스콘신 카드 분류 검사는 발산적 사고를 검사할 수 있는 표준적인 방법으로 일찍이 정착되었다. 이 검사에서 피험자는 한 세트의 카드를 받고 카드를 분류하는 원칙을 모른 채로 카드를 하나씩 분류할 때마다 시험관의 반응으로부터 그 원칙을 추리해야 한다. 최초의 분류 원칙에 도달하는 것은 수렴적 사고를 요구한다. 그렇지만 검사가 진행되는 동안 시험관은 분류 기준을 임의로 바꾼다. 가령, 처음에는 모양이 기준이었던 것을 색으로 바꾼다. 그러면 피험자는 시험관의 반응에 따라 분류 전략을 바꾸어야 한다. 피험자가 바뀐 분류 기준을 추론하는 능력은 발산적 사고에 직결되어 있다. 발산적 사고에 전두엽이 핵심적인 역할을 한다는 것은 의학적으로 제어하기 힘든 간질 치료를 위해 전두엽 절제술의 처치를 받은 환자가 이 카드 분류 검사를 제대로 통과할 수 없었음을 보여 준 연구를 통해 알려졌다.

전두엽이 어떻게 발산적 사고와 관련되는지는 분명하게 밝혀지지 않았지만 여러 설명 방식 중 한 가지는 내분비계의 조절과 관련된다. 발산적 사고는 대뇌 피질에서 다양한 의미-개념 연결망의 활성화를 요구하는데, 이 연결망의 활성화를 촉진하는 것이 신경 전달 물질인 카테콜아민류이다. 뇌 안쪽 깊숙이 있는 뇌간의 일부인 뇌교에 위치한 뉴런들이 대뇌 피질에 노르에피네프린 같은 카테콜아 민류에 속하는 물질을 공급하는데, 이 뉴런들의 활동은 전두엽에서 뇌교로 보내는 신호에 의해 조절된다.

이렇게 전두엽이 뇌교-노르에피네프린 계를 통제하기 때문에 전두엽이 발산적 사고에서 결정적인 역할을 한다고 여겨진다.

**1. 윗글을 바탕으로 <보기>의 ㉠, ㉡에 들어갈 알맞은 말을 쓰시오.**

<보기>

· 수렴적 사고는 수렴적 증거를 논리적으로 처리하는 알고리즘을 따라 문제를 해결해 나가지만, ( ㉠ )에 부딪히면 난관에 봉착한다.

· 전두엽이 발산적 사고에 핵심적인 부위임은 표준적인 검사 방법인 ( ㉡ )를 전두엽을 절제한 사람에게 시행한 연구를 통해 확인되었다.

**※ 다음 글을 읽고 물음에 답하시오.**

안녕하세요, 소방관 ○○○입니다. 진로를 결정해야 하는 중요한 시기에 처해 있는 여러분에게 직업인으로서 특강을 해 달라는 요청을 받고, 이렇게 강연을 하게 되었습니다. 고등학생인 여러분에게는 너무나 쉬운 질문일 수 있겠지만, 혹시 소방관이 무슨 일을 하는 사람인지 아시나요? (대답을 듣고) 하하하. 네, 맞아요. 불을 끄는 사람이 맞습니다. 하지만 좀 더 정확하게 말하자면 소방관은 화재 현장에 출동해 화재를 진압하고, 화재나

재해 등이 발생하지 않도록 예방하는 일을 하는 소방 공무원을 말합니다.

소방 공무원의 업무는 경방, 구조, 구급으로 나뉩니다. 여러분들이 생각하는 소방관, 즉 소방차를 몰고 화재 현장에 출동해서 소방 호스로 불을 끄는 소방관은 경방 대원입니다. 그리고 구조는 화재 발생 시 경방 대원과 같이 출동하여 현장에서 사람을 구출하는 업무를 말하며, 구급은 부상자를 응급 처치한 후 의료 기관으로 신속하게 이송하는 업무를 말합니다.

그러면 소방관 1명이 1년에 화재 진압이나 인명 구조 등으로 출동하는 횟수가 얼마나 될까요? (대답을 듣고) 아, 그것보다 많습니다. 연평균 1,200회입니다. (반응을 살피며) 놀라셨죠? 그런데 정말 놀라운 것은 화재로 출동하는 경우는 의외로 비중이 적고, 구급 출동이 대부분이라는 것입니다. 자동차 사고, 엘리베이터 고장 등으로 인한 출동이 아주 많습니다. 시골에서는 개, 소, 돼지 등의 포획을 위해 출동하는 경우도 있고, 여름철이 되면 벌집을 제거하는 것이 큰 임무 중의 하나입니다. 아, 벌집 제거라니, 좀 의외죠? 하지만 벌집 제거는 굉장히 위험한 일이니 119에 도움을 요청하는 것이 좋습니다. 매년 벌 때문에 수십 명의 사람들이 목숨을 잃고 있습니다. 말벌에 쏘이면 죽음에까지 이를 수 있으니까요. 얼마 전에는 한 시민이 살충제에 불을 붙여 벌집을 제거하다가 집 한 채가 모두 타 버린 경우도 있었습니다.

그러면 여러분이 궁금해하는 화재 진압에 대해 이야기해 볼까요? (화면을 가리키며) 우선 이 사진을 봐 주시기 바랍니다. 이 모습은 화재 현장에 들어가는 소방관의 모습입니다. 헬멧, 안면 보호 마스크, 공기 호흡기, 급기관, 압력 조절기, 경보기, 안전화, 압축 공기통을 착용하고 있죠. 이 중 '경보기'는 화재 현장 밖에서 소방관들의 위치를 파악할 수 있게 해주는 장치인데, 만약 소방관이 일정 시간 부동자세로 있으면 상황실에 이를 알려 주는 역할을 합니다. 그리고 화재 진압의 경우 일반 주택이나 상가의 화재도 위험하지만, 공단 화재는 특별히 많은 위험 부담이 있습니다. 화학 약품 등이 연소하는 경우 유독 가스가 심하게 발생하기 때문이죠. 화재 발생 시의 연기나 유독 가스의 위험도는 여러분도 잘 알고 있죠? 소방청 국가 화재 정보 시스템 통계 자료를 보면 최근 3년간 화재 12만 9,929건에서 발생한 사상자 6,815명을 분석한 결과 연기와 유독 가스로 인한 사상자가 2,345명으로 약 34%를 차지했다고 합니다.

그렇다면 직업으로서의 소방관은 어떨까요? 예전에는 소방관이 초등학생에게 인기가 많은 직업이었습니다. 그런데 요즘은 인기가 예전만큼은 아니라고 하네요. 사실 소방관이 고소득을 보장받는 직업은 아니죠. 더구나 화재 현장과 같은 위험한 상황을 늘 직면해야 하니 사명감과 책임감이 없으면 버티기도 쉽지 않습니다. 하지만 생명을 구한다는 숭고함은 소방관이라는 직업에 대해 큰 보람과 긍지를 느끼게 해 줍니다. 저는 얼마 전 화재 현장을 다룬 뉴스의 댓글을 보며 가슴이 뭉클했었는데, 그 내용은 '어제는 자연의 위대함을 보았는데, 오늘은 소방관을 보며 인간의 위대함을 깨달았다.'라는 것이었습니다.

여러분은 지금 진로를 선택해야 하는 기로에 서 있습니다. 어떤 길을 선택할지는 여러분의 생각과 의지에 달려 있지만, 왜 내가 이 길을 선택하려고 하는지 그 목적에 대해 깊이 생각해 보았으면 좋겠습니다. 저는 어렸을 적 성격이 내성적이어서 친구를 잘 사귀지 못했는데, 한 친구가 저의 이러한 성격을 알고 먼저 손을 내밀어 친구가 되어 준 적이 있었습니다. 사소한 일로 들릴지는 모르겠지만, 저는 이 친구를 보며 앞으로 나도 남을 돕는 사람이 되어야겠다는 꿈을 갖게 되었고, 그 결과 지금 소방관이 되어 사람들의 목숨을 구하는 일을 하고 있습니다. 여러분의 꿈도 모두 실현되기를 바라며 강연을 마치겠습니다. 감사합니다.

**2. 윗글을 바탕으로 <보기>의 빈칸을 채우시오.**

<보기>

강연에서는 객관적인 통계 자료를 제시하여 내용에 (  ㉠  )을 확보하고 있다. 또한 실 사례를 통해 강연을 듣는 청중의 (  ㉡  )를/을 높이고 있다.

**※ 다음 글을 읽고 물음에 답하시오.**

저는 대한민국의 청소년입니다. 평소에도 정치에 관심이 많지만, 선거가 다가오면 우리나라의 발전을 진심으로 염원하는 마음으로 후보들의 공약을 분석해 보기도 합니다. 하지만 아직 18세가 아닌 저는 투표권이 없습니다. 먼저, 여러분에게 묻고 싶습니다. 우리나라의 공무원 임용 기준 연령, 주민 등록증 최초 발급 연령은 몇 살일까요? 만 17세입니다. 우리나라는 기본적으로 만 17세 이상이 되면 사회 활동이 가능하도록 보장하고 있는 것입니다. 하지만 국민의 중요한 권리인 참정권의 핵심이 되는 투표가 가능한 선거 연령은 만18세로 규정하고 있습니다. 저는 이 불일치를 해소하고 청소년 투표권을 더 확대해야 한다고 생각합니다.

여러분, 우리 청소년들은 사회적 약자라고 할 수 있습니다. 우리 청소년들은 자신들의 의견을 관철시킬 정치적 공간을 마련받지 못하고 있습니다. 독일은 청소년들에게 폭넓은 투표권을 보장하는 데에 앞장서는 국가입니다. 독일의 한 철학자는 '정치 참여의 기회를 최대한으로 넓히는 것이 민주주의의 출발점이다. 참정권의 확대는 소외 계층을 해소하고 많은 사람들의 의견을 반영할 수 있는 참 민주주의로 가는 길이다.'라고 말하기도 했습니다. 청소년 투표권이 확대되면 청소년들은 자신의 미래를 위한 정책을 요구할 수 있는 정치적 영향력을 갖게 되며, 그 결과 진학이나 취업 등 우리 청소년들이 당면하게 될 문제에 대한 정책 마련이 더 활성화될 수 있을 것입니다.

물론 누군가는 청소년들은 성숙하지 못하며 바른 정치적 선택을 할 수 없을 것이라고 우려할 수 있습니다. 그리고 이러한 이유로 청소년 투표권의 확대를 반대할 수 있습니다. 하지만 이는 유권자인 청소년의 책임이 아니라, 후보자가 책임져야 할 영역의 문제입니다. 실제로 독일에서는 지방 선거 기간이 되면 학교에 각 정당의 후보자들이 방문하여 선거 유세를 합니다. 각 후보자들은 학생들에게 자신의 정치적 신념과 소신을 충분히 밝히고, 질문을 받고 답을 하는 시간을 통해 청소년들이 바른 정치적 선택을 할 수 있는 정보를 제공합니다. 또한 우리가 자랑스럽게 생각하는 4.19 혁명을 학생들이 주도했다는 점을 기억한다면, 청소년을 미숙한 존재로만 보는 주장이 타당하지 않음을 알 수 있습니다.

예전에 제가 본 TV 토론 프로그램에서 한 패널이 '청소년은 책상 앞에 앉아 열심히 공부에 임하는 것이 가장 청소년답다.'라고 말하는 것을 듣고 학생에 대한 기성세대의 인식에 대해 고민했던 적이 있습니다. 앞으로는 이러한 인식이 바뀌어 '현실에 관심을 갖고 정치를 배우는 것, 그리고 바른 정치적 선택을 실천하는 것도 청소년이 해야 할 공부이다.'라는 기성세대의 조언을 듣고 싶습니다. 청소년들이 바른 정치적 선택을 실천할 수 있도록, 청소년 투표권이 확대되기를 기대하며 연설을 마칩니다.

3. 윗글을 바탕으로 <보기>의 빈칸을 채우시오.

<보기>

연설문에서는 청소년과 관련한 우리나라의 법적 기준에 ( ㉠ )가 있음을 밝히고,

이를 해소하는 차원에서 (  ㉡  )가 이루어져야 함을 주장하고 있다.

※ 다음 <보기>를 읽고 물음에 답하시오.

<보기>

'히읗'은 [히읃]으로, '독립'은 [동닙]으로, '맏이'는 [마지]로, '먹이어'가 '먹여'로, '놓다'는 [노타]로 발음하는 등 우리 국어에서는 여러 가지 음운의 변동 현상이 일어난다. 이렇게 음운이 바뀌는 것은 이른바 (        )로/으로 설명할 수 있는 자연스러운 현상이다.

4. 윗글 <보기>의 빈칸에 들어갈 적절한 말을 쓰시오.

※ 다음 글을 읽고 물음에 답하시오.

(가)
까마득한 날에
하늘이 처음 열리고
어데 닭 우는 소리 들렸으랴

모든 산맥들이
바다를 연모해 휘달릴 때도
차마 이곳을 범하던 못하였으리라

끊임없는 광음을
부지런한 계절이 피어선 지고
큰 강물이 비로소 길을 열었다

지금 눈 내리고
매화 향기 홀로 아득하니
내 여기 가난한 노래의 씨를 뿌려라

다시 천고의 뒤에
백마 타고 오는 초인이 있어
이 광야에서 목 놓아 부르게 하리라

— 이육사, 「광야」

(나)
오늘, 북창을 열어,
장거릴 등지고 산을 향하여 앉은 뜻은
사람은 맨날 변해 쌓지만
태고로부터 푸르러 온 산이 아니냐.
고요하고 너그러워 수하는 데다가
보옥을 갖고도 자랑 않는 겸허한 산.
마음이 본시 산을 사랑해
평생 산을 보고 산을 배우네.
그 품안에서 자라나 거기에 가 또 묻히리니

내 이승의 낮과 저승의 밤에
아라히 뻗쳐 있어 다리 놓는 산.
네 품이 내 고향인 그리운 산아
미역취 한 이파리 상긋한 산 내음새
산에서도 오히려 산을 그리며
꿈같은 산정기를 그리며 산다.

- 김관식, 「거산호(居山好) 2」

**5. 윗글 (가)와 (나)의 공통적인 표현 방법이 무엇인지 쓰시오.**

**※ 다음 글을 읽고 물음에 답하시오.**

…… 아흔아홉, 백. 나는 벌써 백까지 세었다. 어머니는 나타나지 않는다. 나는 장터 마당으로 가는 다리쪽에 눈을 준다. 나무다리는 바닥에 구멍이 숭숭 뚫렸다. 사람이 지나갈 땐 삐거덕 소리를 낸다. 달구지가 지나갈 땐 찌거덕 거린다. 다리 건너에서 만수 동생이 볼록한 배로 혼자 제기차기를 한다. 녀석 집도 우리 집만큼 가난한데 오늘 저녁밥은 오지게 먹은 모양이다. 볼록한 배가 출렁거린다. 우리 집은 왜 가난할까, 하고 생각해 본다. 어머니 말처럼 모두 아버지 탓이다. 아버지는 농사꾼이 아니요, 장사를 하지 않고, 그렇다고 월급쟁이도 아니다.

울음소리가 들린다. 누나가 운다. 누나와 분선이가 쪽마루에 걸터앉아 있다. 누나는 집이 떠나가란 듯 큰 소리로 운다. 나는 엉거주춤 일어선다. 허리 굽혀 마당을 질러갈 때 다리가 떨린다. 장독대엔 벌써 어둠이 내렸다. 뒤쪽 대추나무는 귀신 꼴이다. 곱슬한 머리카락을 풀어 흩뜨린 게 무섬기를 들게 한다. 어두워진 뒤에 대추나무를 보자, 열흘쯤 전날이 떠오른다. 밤이 깊어 잠이 들었을 때였다. 담을 타 넘고 들어왔는지, 순경 둘이

방 안으로 들이닥쳤다. 그들은 신을 신은 채였다. 순경은 소스라쳐 일어난 어머니 가슴 팍에 장총 부리를 들이대며 소리쳤다. 조민세 어디로 갔어? 이 방에 있는 걸 봤는데 금세 어디 갔냐 말이다. 이년아, 네 서방 어디 숨겼어? 순경은 어머니 멱살을 틀어쥐며 소리쳤다. 다른 순경이 어머니 허리를 걷어찼다. 호각 소리가 집 주위 여기저기에서 들렸다. 여러 순경이 집 안을 샅샅이 뒤졌으나, 끝내 아버지를 잡지 못했다. 그날 밤, 아버지는 집에 오지 않았다. 순경들은 애꿎은 어머니만 데리고 지서로 갔다. 어머니 머리채를 잡아끌며 순경들이 떠나자, 우리 오누이는 갑자기 밀어닥친 두려움으로, 서로 껴안았다. 그날 밤, 누나는 내내 큰 소리로 울었다. 누나의 울음이 무섭기를 덜어 주었다. 누나는 울다 지쳐 잠이 들었다. 분선이와 나는 서로 껴안은 채 밤새 소리 죽여 흐느꼈다. 울기조차 못했다면 분선이와 나는 기절했을 거였다. 봉창이 환해질 때까지 콧물 눈물이 범벅이 된 채 울며 새운 그 밤의 두려움은 지독했다. 죽어 뿌리라, 어데서든 콱 죽고 말아 뿌리라. 나는 아버지를 두고 속말을 되씹었다. 순경들이 뜬금없이 한밤중에 밀어닥쳐 집 안을 뒤졌다. 그런 날 밤, 나는 아버지가 밉다 못해 원수로 여겨졌다. 이튿날, 학교 갈 생각도 않고 늘어져 누웠을 때, 어머니가 지서에서 풀려났다. 이모님이 어머니를 부축해서 집으로 데려왔다. 어머니 얼굴은 피멍이 들어 있었다. 어머니는 꺼져 가는 소리로 아버지와 순경을 두고 욕설을 퍼부었다. 그러나 이제는 순경들이 집안으로 밀어닥치지 않을 거였다. 숨어다니던 아버지가 수산리 장터에서 순경에게 잡혔다. 사람들은 아버지가 곧 총살당할 거라고 말한다. 아버지가 돌아가시고 나면, 사람들은 우리 집을 빨갱이 집이라 말하지 않을 것이다.

대추나무 뒤쪽 하늘은 짙은 보라색이다. 나는 보라색을 싫어한다. 손톱에 들이는 봉숭아 꽃물도, 닭벼슬 같은 맨드라미도, 코스모스의 보라색 꽃도 싫다. 어머니 젖꼭지 색깔까지도 싫다. 보라색은 어쩐지 아버지가 바깥에서 숨어다니며 하는 그 일과, 어머니의 피멍 든 모습을 떠올려 준다. 말라붙은 피와 깜깜해질 징조를 보이는 색깔이 보라색이다. 옅은 보라에서 짙은 보라로, 세상의 모든 형체를 어둠으로 지우다, 끝내 아무것도 볼 수 없는 밤이 온다는 게 두렵다. 이 세상에 밤이 있음이 참으로 무섭다. 밤이 없는 곳이 있다면 나는 늘 그 땅에서 살고 싶다. 나는 환한 밝음 아래 놀다 그 밝은 세상에서 잠자고 싶다. 아버지는 어둠 속에서 총살당할 것이다. 작년에 지서로 잡혀간 젊은이들도 밤에 총살당했다.

– 김원일, 「어둠의 혼」

**6. 윗글을 바탕으로 <보기>의 빈칸을 채우시오.**

---
<보기>

「어둠의 혼」에 등장하는 ( ㉠ )는 '나'의 불안정한 상황과 심리를 암시하며 ( ㉡ )는 '나'가 열흘쯤 전날의 기억을 환기하는 소재로 등장한다.

---

**7 .** $_n C_5 = {}_{n-1}C_3 + {}_{n-1}C_4$ **를 만족하는 $n$ 의 값을 구하시오.**

**8. 그림의 과녁을 향해 같은 크기와 모양을 지닌 5개의 화살을 과녁에 쏘아 점수를 얻는 경기를 한다. 5개의 화살을 과녁에 맞추어 점수 합이 36점 이하가 되는 경우의 수를 구하여라.**

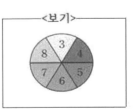

9. $\left(2x+\dfrac{1}{2}\right)^{6}$의 전개식에서 $x^{r}$의 계수를 $a_{r}$이라 할 때, $a_{r}$의 최댓값과 그 때의 $r$의 값의 합을 구하시오.

10. 단팥빵 5개와 크림빵 2개를 4명의 학생에게 남김없이 나누어 주는 경우의 수를 구하시오.(단, 같은 빵 끼리는 서로 구별하지 않고, 빵을 1개로 받지 못하는 학생이 있을 수 있다.)

11. 직사각형 모양으로 연결된 도로망이 있다. A지점에서 출발해 P지점을 거쳐 B지점으로 갈 때, 최단거리로 가는 경우의 수를 구하시오.(단, 한 번 지난 도로는 다시 지나지 않는다)

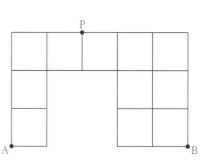

**12.** 함수 $f(x) = \begin{cases} \dfrac{a\sqrt{x+2}+b}{x-2} & (x \neq 2) \\ 2 & (x=2) \end{cases}$ 가 $x=2$에서 연속일 때, 두 상수 $a$, $b$에 대해

$2a-b$의 값을 구하시오.

**13.** 함수 $f(x) = \begin{cases} \dfrac{x^2+ax-10}{x-2} & (x \neq 2) \\ b & (x=2) \end{cases}$ 가 실수 전체의 집합에서 연속일 때, 두 상수

$a$, $b$의 값을 구하시오.

**14.** $x > 0$, $y > 0$인 $x$, $y$에 대하여 $\begin{cases} \log_5 xy = 3 \\ \log_5 x \cdot \log_5 y = 2 \end{cases}$를 만족한다. 이 때 , $x + y$의 값을 구하시오.

**15.** 양수 $x$에 대하여 $\log x$의 정수부분과 소수부분을 각각 $f(x)$, $g(x)$라 할 때, 다음 두 조건을 만족하는 두 양수 $a$, $b$에 대하여 $9a + \dfrac{b}{3}$의 최솟값을 구하여라.

# 3회 가천대 논술 모의고사 정답

| 문항 | 정답 |
|---|---|
| 1 | ㉠ 변칙 현상<br>㉡ 위스콘신 카드 분류 검사 |
| 2 | ㉠ 신뢰성  ㉡ 흥미(관심) |
| 3 | ㉠ 불일치 ㉡ 청소년 투표권의 확대 |
| 4 | 발음의 경제성 |
| 5 | 인격화(의인화) |
| 6 | ㉠ 나무다리  ㉡ 대추나무 |
| 7 | 9 |
| 8 | 245 |
| 9 | 101 |
| 10 | 560 |
| 11 | 94 |
| 12 | 32 |
| 13 | a=3, b=7 |
| 14 | 30 |
| 15 | 60 |

## 【 정답 풀이 】

1. 수렴적 사고는 수렴적 증거를 논리적으로 처리하는 알고리즘을 따라 문제를 해결해 나간다. 그렇지만 변칙 현상에 부딪히면 난관에 봉착한다. 이럴 때, 발산적 사고는 융통성 있게 새로운 가능성을 찾아 나간다. 전두엽이 발산적 사고에 핵심적인 부위임은 표준적인 검사 방법인 위스콘신 카드 분류 검사를 전두엽을 절제한 사람에게 시행한 연구를 통해 확인되었다.

2. 소방관은 객관적 자료인 소방청 국가 화재 정보 시스템 통계 자료를 제시하여 강연의 신뢰성을 확보하고, 구급 출동의 사례를 들어 독자의 흥미(관심)를/을 높이고 있다.

3. 윗글에서는 청소년과 관련한 우리나라의 법적 기준에 불일치가 있음을 밝히고 있다. 또한, 이를 해소하는 방식으로 청소년 투표권의 확대가 이루어져야 함을 주장하고 있다.

4. '음절의 끝소리 규칙', '자음 동화', '구개음화', '음운의 축약과 탈락'은 모두 발음하기 쉽게 하려는 이유에서 생겨난 현상이다.

5. 두 작품에서는 자연물에 인격을 부여하여 대상에 대한 화자의 태도를 암시하고 있다.

6. 나가 눈을 준 '나무다리'는 바닥에 구멍이 숭숭 뚫리고 삐거덕 소리를 내는 다리이다. 이는 나의 불안정한 상황과 심리를 암시하며, '대추나무'는 과거의 무서운 기억을 환기시키는 소재이다.

7. $_nC_r = {}_{n-1}C_{r-1} + {}_{n-1}C_r$ 이므로 $_nC_5 = {}_nC_4$

$$\therefore n = 9$$

**8.** 5개의 화살로 3점 $a$개, 4점 $b$개, 5점 $c$개, 6점 $d$개, 7점 $e$개, 8점 $f$개를 맞추는 경우의 수는 방정식 $a+b+c+d+e+f=5$의 음이 아닌 정수해의 개수와 같다.

즉, $_6\Pi_5 = {}_{10}C_5 = \dfrac{10 \times 9 \times 8 \times 7 \times 6}{5 \times 4 \times 3 \times 2 \times 1} = 252$

이때, 점수의 합이 37점 이상인 경우는 37점, 38점, 39점, 40점이고 각 경우의 순서쌍 $(a,\ b,\ c,\ d,\ e,\ f)$는

( ⅰ ) 40점 : $(0,\ 0,\ 0,\ 0,\ 0,\ 5)$

( ⅱ ) 39점 : $(0,\ 0,\ 0,\ 0,\ 1,\ 4)$

( ⅲ ) 38점 : $(0,\ 0,\ 0,\ 1,\ 0,\ 4)$, $(0,\ 0,\ 0,\ 0,\ 2,\ 3)$

( ⅳ ) 37점 : $(0,\ 0,\ 1,\ 0,\ 0,\ 4)$, $(0,\ 0,\ 0,\ 1,\ 1,\ 3)$,

$\qquad\qquad (0,\ 0,\ 0,\ 0,\ 3,\ 2)$의 7가지의 경우가 있다.

따라서 구하는 경우의 수는 $252 - 7 = 245$

**9.** $\left(2x + \dfrac{1}{2}\right)^6 = \sum_{r=0}^{6} {}_6C_r (2x)^r \left(\dfrac{1}{2}\right)^{6-r} = \sum_{r=0}^{6} {}_6C_r 2^{2r-6} x^r$ 이므로 $x^r$의 계수는 $a_r = {}_6C_r 2^{2r-6}$ 이다.

$a_r$이 가장 큰 계수라 하면 ( ⅰ ) $\dfrac{a_r}{a_{r-1}} \geq 1$로부터

$$\frac{{}_6C_r 2^{2r-6}}{{}_6C_{r-1} 2^{2(r-1)-6}} = \frac{\dfrac{6!}{r!(6-r)!} \times 2^2}{\dfrac{6!}{(r-1)!(7-r)!}} = \frac{4(7-r)}{r} \geq 1$$

$$\therefore r \leq \frac{28}{5} \ \cdots\cdots \ \bigcirc$$

( ⅱ ) $\dfrac{a_r}{a_{r+1}} \geq 1$로부터

$$\frac{{}_6C_r 2^{2r-6}}{{}_6C_{r+1} 2^{2(r+1)-6}} = \frac{\dfrac{6!}{r!(6-r)!}}{\dfrac{6!}{(r+1)!(5-r)!} \times 2^2}$$

$$= \frac{(r+1)}{4(6-r)} \geq 1$$

$$\therefore r \geq \frac{23}{5} \ \cdots\cdots \ \bigcirc$$

$\bigcirc$, $\bigcirc$으로부터 $r = 5$일 때, 최댓값 $a_5 = {}_6C_5 2^4 = 96$

따라서 구하는 합은 $96 + 5 = 101$

**10.** 단팥빵 5개를 4명의 학생에게 나누어 주는 경우의 수는 서로 다른 4개에서 중복을 허락하여 5개를 택하는 중복조합의 수와 같으므로 $_4H_5 = {}_8C_5 = {}_8C_3 = 56$

크림빵 2개를 4명의 학생에게 나누어 주는 경우의 수는 서로 다른 4개에서 중복을 허락하여 2개를 택하는 중복조합의 수와 같으므로 $_4H_2 = {}_5C_2 = 10$

**따라서 구하는 경우의 수는** $56 \times 10 = 560$

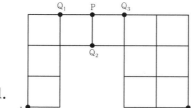

**11.** 그림과 같이 세 지점 $Q_1$, $Q_2$, $Q_3$을 정하면 A지점에서

출발하여 P지점까지 가기 위해서는 $Q_1$지점 또는 $Q_2$지점 중 한 지점을 지나야 하고 P지점에서 출발하여 B지점까지 가기 위해서는 $Q_2$지점 또는 $Q_3$지점 중 한 지점을 지나야 한다. 그러므로 A지점에서 출발하여 P지점을 지나 B지점으로 갈 때, 한 번 지난 도로는 다시 지나지 않으면서 최단거리로 가는 경우의 각각의 경우의 수는 다음과 같다.

( i ) $A \rightarrow Q_1 \rightarrow P \rightarrow Q_2 \rightarrow B$**의 순서로 이동하는 경우**

$$\frac{4!}{1! \times 3!} \times 1 \times 1 \times 1 \times \frac{4!}{2! \times 2!} = 24$$

( ii ) $A \rightarrow Q_1 \rightarrow P \rightarrow Q_3 \rightarrow B$**의 순서로 이동하는 경우**

$$\frac{4!}{1! \times 3!} \times 1 \times 1 \times \frac{5!}{2! \times 3!} = 40$$

(iii) $A \rightarrow Q_2 \rightarrow P \rightarrow Q_3 \rightarrow B$**의 순서로 이동하는 경우**

$$\frac{3!}{1! \times 2!} \times 1 \times 1 \times 1 \times \frac{5!}{2! \times 3!} = 30$$

( i ), ( ii ), (iii)**에 의해 구하는 경우의 수는** $24 + 40 + 30 = 94$

**12** $\lim_{x \to 2}(a\sqrt{x+2}+b) = 0$**이므로**

$2a + b = 0$

$$\lim_{x \to 2}\frac{a\sqrt{x+2}-2a}{x-2} = \lim_{x \to 2}\frac{a}{\sqrt{x+2}+2} = 2$$

**따라서** $a = 8$, $b = -16$**이므로** $2a - b = 32$

**13. 실수전체의 집합에서 연속이므로,** $\lim_{x \to 2}f(x) = f(2)$

$$\lim_{x \to 2}\frac{x^2 + ax - 10}{x-2} = b$$

$x \rightarrow 2$**일때 분모**$\rightarrow 0$ **이므로 분자**$\rightarrow 0$

$4 + 2a - 10 = 0$
$\therefore a = 3$

$$\lim_{x \to 2} \frac{x^2 + 3x - 10}{x - 2} = b$$

$$\lim_{x \to 2} \frac{(x+5)(x-2)}{x-2} = 7$$

$$\therefore b = 7$$

**14.** $\log_5 xy = \log_5 x + \log_5 y$ **이므로 주어진 연립방정식은** $\begin{cases} \log_5 x + \log_5 y = 3 \\ \log_5 x \cdot \log_5 y = 2 \end{cases}$

**이때,** $\log_5 x$, $\log_5 y$ **는 이차방정식** $t^2 - 3t + 2 = 0$ **의 두 근이므로 이차방정식을 풀면**

$(t-1)(t-2) = 0$ $\therefore t = 1$ 또는 $t = 2$

**그런데** $x > y > 0$ **이므로** $\log_5 x = 2$, $\log_5 y = 1$

**즉,** $x = 25$, $y = 5$ **이므로** $x + y = 30$

**15. (가), (나)에서** $\log a + \log b = f(a) + g(a) + f(b) + g(b) = 2 + \log 3$ **이므로**

$\log ab = 2 + \log 3 = \log 300$ $\therefore ab = 300$

$a$, $b$ **가 양수이므로 산술기하평균에 의하여** $9a + \dfrac{b}{3} \geq \sqrt{9a \times \dfrac{b}{3}} = 2\sqrt{3ab} = 60$

**(단, 등호는** $9a = \dfrac{b}{3}$ **일 때 성립한다.)**

**따라서** $9a + \dfrac{b}{3}$ **의 최솟값은** $60$ **이다.**

2022학년도 대입 논술 전형

# 약술형 논술고사

성명 :

수험번호 :

지원학과 :

소속 고등학교 :

## 【답안 작성 시 유의사항】

· 시험 시간은 80분입니다.

· 휴대폰, 전자계산기 등의 전자기기는 소지할 수 없습니다.

· 성명, 수험번호, 지원학과, 소속 고등학교명을 반드시 기입하십시오.

· 답안 작성은 답안지에 연필 또는 검은색 펜으로 명확하게 작성하십시오.

· 시험이 종료될 때까지 퇴실할 수 없습니다.

# 가천대 논술 모의고사 4회 [자연계열]

**※ 다음 글을 읽고 물음에 답하시오.**

인간의 판단 과정을 고려할 때 우리 뇌가 '시스템 1'과 '시스템 2'라는 상이한 사고 모드를 활용한다는 점은 주목할 만하다. 보통 시스템 1은 빠른 사고, 시스템 2는 느린 사고라고 불린다. 시스템 1은 직관적으로 결정을 내리는 모든 사고 과정을 관할하며 주저함이 없이 신속하게 판단하는 기능을 한다. 그렇게 하다 보니 시스템 2가 작동되기 전에 시스템 1이 개입하면서 오류를 유발하는 경우도 있다. 반면 시스템 2는 시스템 1을 감시하고 통제하며 정확한 논리적 근거에 따라 추론하고 판단하는 기능을 한다.

시스템 1의 작동 방식의 한 가지는 휴리스틱(heuristic)을 활용하는 것이다. 휴리스틱이란 시스템 2를 가동하는 데 드는 시간과 에너지를 절약하기 위한 전략으로서, 어려운 질문이 주어졌을 때 불완전하더라도 신속하게 답을 찾는 데 도움이 되는 단순한 절차이다. 시스템 1은 어려운 문제를 쉬운 문제로 대체하여 그 쉬운 문제에 대한 답을 신속하게 제시한다. 예를 들어 27×33은 얼마냐고 물었을 때 정확한 답인 891을 구하려면 시간과 에너지가 많이 소모되므로 문제를 30×30으로 대체하여 900이라는 근삿값을 신속하게 제시할 수 있다. 급하게 문제를 처리해야 하는 상황에서는 정확한 답을 내느라 지체를 하기보다는 대략 10%의 오차를 갖는 900이라는 답으로 대응하는 것이 유리한 경우가 꽤 많다.

그렇지만 어떤 사람은 30×30이 900이라는 답을 얻기 위해 시스템 2를 가동해야 하는 경우도 있다. 같은 사고라도 숙달 여부에 따라 시스템 1을 가동하기도, 시스템 2를 가동하기도 하는 것이다. 처음에는 시스템 2의 가동으로 수행하던 동작이 반복되다 보면, 동일한 동작을 시스템 1이 담당하게 되어 신속하고 수월하게 수행할 수 있게 된다. 시스템 2가 하던 일을 시스템 1이 담당하게 되면 뇌 속에 새로운 회로가 형성되고 이 회로는 소규모 모듈로서 단일한 기능을 신속하게 수행할 수 있는 능력을 얻게 된다. 이것은 뇌세포와 뇌세포를 연결하는 접점인 시냅스에서 반복되는 작업 수행을 통해 단백질의 합성이 이루어져 효율적으로 신호를 전달하는 안정화된 시냅스 구조를 구축하게 되면서 가능해진다. 경험으로부터 형성되는 사고의 경로는 시스템 1과 시스템 2의 공조를 통해 사고와 판단에서 효율성과 융통성을 얻게 하여 생존에 최적화된 두뇌 작동을 이룩해 낸다.

**1. 윗글을 바탕으로 <보기>의 ㉠, ㉡에 들어갈 알맞은 말을 쓰시오.**

<보기>

시스템 1은 직관적으로 문제에 대응하는 빠른 사고로서, ( ㉠ )이라는 임기응변적인 전략을 동원하여 효과적으로 대응한다. 숙달을 통해 시스템 2가 담당하던 일을 시스템 1이 담당하는 것이 가능한 것은 반복되는 뇌 사용을 통해 뇌세포 간에 시냅스 연결이 강화되면서 새로운 ( ㉡ )가 생성되기 때문이다.

## ※ 다음 글을 읽고 물음에 답하시오.

강유: (춤추며 걸어오는 민수를 보며) 민수야, 안녕. 그런데 너 뭐 하니? 춤추는 거야?

민수: (춤을 추며) 응. 방금 전에 인도 영화를 보고 오는 길인데, 춤이 너무 재미있어서 따라 하는 거야.

강유: 아, 인도 영화를 봤구나. 그런데 인도 영화는 좀 이상한 것 같아. 뜬금없이 춤추고 노래하잖아.

민수: (춤추던 것을 멈추며) 응, 그렇긴 해. 그래서 인도 영화를 싫어하는 사람들이 있지. 근데 너 세계에서 영화를 가장 많이 만드는 곳이 어디인지 알아?

강유: 미국의 할리우드 아니야? 우리가 보는 많은 영화를 만들잖아. 얼마 전에 너랑 같이 보았던 영화도 할리우드에서 만든 거고.

민수: 미국의 할리우드에서 많은 영화를 제작하지. 하지만 기네스북에 따르면 2013년에 전 세계에서 영화를 가장 많이 제작한 나라는 인도였어. 무려 1,724편의 장편 영화를 제작했어. 게다가 인도는 매년 약 1,000편의 영화를 만드는 나라야. 전국에 영화관이 1만 2,000개가 있고, 하루 관객 수가 1,500만 명이야. 일 년에 판매되는 영화 티켓 수도 40억 장이나 된대.

강유: 정말? 대단하다. 그러고 보니 어디선가 '볼리우드'라는 말을 들어 본 적이 있는 것 같은데, 무슨 뜻이었지?

민수: 응, 볼리우드는 인도의 도시 뭄바이의 옛 이름인 '봄베이'와 '할리우드'를 합성한 말로 세계 최대인 인도의 영화 산업을 일컫는 단어야. 그리고 인도인의 국산 영화 사랑이 얼마나 대단한가 하면, 당시 전 세계적으로 흥행했던 영화 <아바타>가 인도에서 개봉했을 때에도 자국 영화인 <세 얼간이>에 흥행 성적에서밀렸어.

강유: 그렇구나. <세 얼간이>는 본 적이 있어. 친구들이 하도 재미있다고 해서 봤는데 나름 괜찮았어. 그렇지만 아까도 말했듯이 갑자기 춤추고 노래하는 장면은 영 어색하더라고. 그 장면만 없으면 딱 좋을 텐데 말이야.

민수: 혹시 '마살라'라는 말을 들어 봤어? (강유의 반응을 살핀 후) 못 들어 봤구나. '마살라'는 인도 요리에 들어가는 혼합 향신료를 가리키는 말이야. 인도 영화를 마살라 영화라고도 하는데, 그 이유는 노래, 춤, 코미디, 로맨스, 액션 등이 온갖 양념처럼 버무려져 있는 영화이기 때문이지. 인도에서 관객들은 즐기기 위해서 영화를 보는 거야. 그래서 인도 영화관에서는 춤추는 장면이 나올 때 관객들이 모두 일어나서 단체로 춤을 추기도 해. 다른 나라 사람들이 그 광경을 보면 문화적 충격을 받기도 하지.

강유: 재미있네. 그래서? 더 얘기해 봐.

민수: 너도 알겠지만 인도는 신화와 전설이 많고, 전통적인 사회 규범과 생활 양식을 중시하는 나라야. 종합예술인 영화에도 이러한 신화와 전설, 고대 연극적 요소가 많이 반영되었는데, 특히 관객이 영화를 수동적으로 관람하는 것이 아니라 함께 즐기며 참여해야 한다는 생각이 자리 잡았어. 인도 영화에서 춤추고 노래하는 장면을 따로 '마살라'라고도 부르는데, 이 장면의 춤과 노래를 통해 관객의 참여를 유도하고 이를 통해 관객들이 카타르시스를 체험하게 하는 거야.

강유: 그런 뜻이 숨어 있었구나. 네 말을 듣고 나니 그동안 내가 인도 영화에 대해 얼마나 큰 편견을 갖고 있었는지 깨닫게 되었어. 고마워.

민수: 아니야. 나도 처음엔 너랑 똑같았어. 인도 영화에서 춤추는 장면이 뜬금없다고 생각했거든. 그런데 사회 수업 시간에 배운 '문화 상대주의'라는 개념이 생각나더라고. 그래서 인도의 문화나 영화에 대해서 조사해 보았을 뿐이야.

강유: 맞아. 수업 시간에 그런 걸 배운 적이 있었지. 그러고 보니 나도 인도라는 나라에 대해서 잘 모르는 것같아. 인구가 세계 2위라는 정도만 알고 있을 뿐.

민수: '아는 만큼 보인다.'라는 말이 있지? 나도 인도에 큰 관심이 없었는데, 인도 영화를 좋아하다 보니 신문 기사에도 눈길이 가더라. 얼마 전에 '신(新)남방 정책'에 대한 기사를 읽은 적이 있어. 우리나라가 신남방 국가들과 경제적·문화적 교류를 확대하여 4차 산업 혁명에 공동 대응하겠다는 것이었는데, 그 안에 인도가 있더라고.

강유: 그렇구나. 네 말을 듣고 보니 이제 나도 평소와 다른 눈으로 인도 영화를 보게

> 될 것 같아. 춤추고 노래하는 장면이 여전히 낯설긴 하겠지만, 그래도 이제는 편견을 버리고 좀 더 열린 마음으로 볼 수 있을 것 같아.

**2. 윗글을 바탕으로 <보기>의 ㉠, ㉡에 알맞은 말을 쓰시오.**

> **<보기>**
>
> 위 학생의 대화에서는 질문을 통해 상대방의 ( ㉠ )을 확인하고, 그에 따른 정보를 제공하고 있다. 뿐만 아니라 상대방의 말에 긍정적인 반응을 보이며 상대방이 말을 이어나갈 수 있도록 ( ㉡ )하고 있다.

**※ 다음 글을 읽고 물음에 답하시오.**

> 2020년 어느 전시장에서 모네의 그림을 처음 만났다. 나는 다른 관람객들을 따라 걸어가며 작품을 감상하고 있었다. 그러다가 모네의 <푸르빌 절벽 산책> 앞에서 멈추어 설 수밖에 없었다. 그리 크지 않은 그림이었지만, 그 그림에는 푸른빛과 초록빛, 보랏빛이 감도는 바다와 하늘, 그리고 이 모든 것을 감싸고 있는 대기의 미묘함이 담겨 있었다. 나는 그 그림을 통해 모네의 그림을 알게 되었고, 그날 이후로 물과 빛, 여인을 사랑했던 모네에게 빠져 버렸다. 이러한 이유로 이번 체험 학습의 날에는 모네의 작품을 미디어 아트로 재탄생시킨 전시회를 다녀오기로 했다.
>
> 이번에 다녀온 미디어 아트 전시회는, 모네의 작품을 모션 그래픽 방식으로 재구성하고 대형 프로젝터와 스크린을 통해 전시함으로써 모네가 그려 내고자 했던 빛의 변화와 그림자의 움직임을 재현하고 모네가 보았던 빛의 순간이 완성되는 과정을 보여 준다고 하여 더욱 기대가 되었다. 모네의 작품을 이해할 수 있는 중요한 테마로 구성된 4개의 전시 구역을 순서대로 관람하며, 모네가 만났던 인상주의의 거장들, 모네가 사랑했던 아내 카미유, 모네가 인상주의 화가로서의 꽃을 피운 아르장테이유에서의 생활, 모네가 생을 마무리했던 지베르니에서의 생활 등을 차례로 접할 수 있었다.

각 전시 구역의 대형 스크린에는 미디어 아트로 재탄생한 모네의 대표적인 작품들이 전시되고 있었다. 각 그림에서는 빛에서 기인하는 변화와 생명력을 표현하기 위해서 짧고 거칠게 끊어서 표현했던 모네 특유의 붓 자국이 생생하고 웅장하게 표현되고 있어서, 작년에 전시회에서 모네의 그림을 보고 받았던 감동이 되살아나는 듯한 느낌이 들었다. 특히 <양산을 쓴 여인> 속의 카미유가 모션 그래픽 방식으로 살아 움직이고 있었으며, 모네의 대표작 중 하나인 <루앙 대성당> 연작은 3D 모션 기법을 통해 다양한 빛에 의한 성당 벽면의 톤 변화를 생생하게 보여 주고 있었다.

디지털 기술을 활용하여 새로운 생명력을 불어넣은 이번 전시회를 통해 물과 빛, 여인을 사랑했던 모네의 작품을 다시 만날 수 있었고, 모네에 대한 애정이 한층 깊어질 수 있었다. 그리고 디지털 기술의 무궁무진한 활용 가능성에 대해 알아볼 필요가 있다는 생각이 들었다. 이러한 방식의 전시가 활성화되어 다른 작가들의 작품도 새롭게 감상할 수 있는 기회가 더 많이 마련되기를 바란다.

**3. 윗글을 바탕으로 <보기>의 ㉠, ㉡에 들어갈 말을 쓰시오.**

<보기>

윗글의 작성자는 모네의 그림에서 받았던 ( ㉠ )을 전하며, 이를 통해 이어질 내용에 대한 독자의 ( ㉡ )을 불러일으키고 있다.

※ 다음 보기를 읽고 물음에 답하시오.

<보기>

○ 어떤 음운이 그 놓이는 환경에 따라 다른 음운으로 바뀌는 현상을 음운 변동이라고 한다. 음운 변동은 그 결과에 따라 한 음운이 다른 음운으로 바뀌는 '교체', 원래 있던 음운이 없어지는 '탈락', 없던 음운이 추가되는 '첨가', 두 개의 음운이 합쳐져서 하나로 되는 '축약'으로 분류할 수 있다.

○ 음운 변동 예 :  숱한 (㉠→ ) [숟한] (㉡→ ) [수탄]

4. <보기>의 ㉠, ㉡에 들어갈 음운 변동 현상을 쓰시오.

※ 다음 글을 읽고 물음에 답하시오.

고향이 고향인 줄도 모르면서
긴 장대 휘둘러 까치밥 따는
서울 조카아이들이여
그 까치밥 따지 말라
남도의 빈 겨울 하늘만 남으면
우리 마음 얼마나 허전할까
살아온 이 세상 어느 물굽이
소용돌이치고 휩쓸려 배 주릴 때도
공중을 오가는 날짐승에게 길을 내어 주는
그것은 따뜻한 등불이었으니
철없는 조카아이들이여
그 까치밥 따지 말라

사랑방 말쿠지에 짚신 몇 죽 걸어 놓고

할아버지는 무덤 속을 걸어가시지 않았느냐

그 짚신 더러는 외로운 길손의 길보시가 되고

한밤중 동네 개 컹컹 짖어 그 짚신 짊어지고

아버지는 다시 새벽 두만강 국경을 넘기도 하였느니

아이들아, 수많은 기다림의 세월

그러니 서러워하지도 말아라

눈 속에 익은 까치밥 몇 개가

겨울 하늘에 떠서

아직도 너희들이 가야 할 머나먼 길

이렇게 등 따숩게 비춰 주고 있지 않으냐.

- 송수권, 「까치밥」

**5. 윗글을 바탕으로 <보기>의 빈칸을 채우시오.**

<보기>

　「까치밥」은 전통적인 우리 문화 속에 깃든 인정과 배려를 담고 있는 작품이다. 작가는 시에서는 공존의 가치를 품고 있는 따듯한 인정을 드러내기 위한 소재로 ( ㉠ ) 과 ( ㉡ )을 제시하고 있다.

**※ 다음 글을 읽고 물음에 답하시오.**

　내 이상과 계획은 이렇거든요.

우리 집 다이쇼가 나를 자별히 귀애하고 신용을 하니깐 인제 한 십 년만 더 있으면 한

밑천 들여서 따로 장사를 시켜 줄 그런 눈치거든요. 그러거들랑 그것을 언덕 삼아 가지고 나는 삼십 년 동안 예순 살 환갑까지만 장사를 해서 꼭 십만 원을 모을 작정이지요. 십만 원이면 죄선 부자로 쳐도 천석꾼이니 뭐, 떵떵거리고 살 게 아니라구요?

그리고 우리 다이쇼도 한 말이 있고 하니까 나는 내지인 규수한테로 장가를 들래요. 다이쇼가 다 알아서 얌전한 자리를 골라 중매까지 서 준다고 그랬어요.

내지 여자가 참 좋지요. 나는 죄선 여자는 거저 주어도 싫어요. 구식 여자는 얌전은 해도 무식해서 내지인하고 교제하는 데 안됐고, 신식 여자는 식자나 들었다는 게 건방져서 못쓰고, 도무지 그래서 죄선 여자는 신식이고 구식이고 다 제바리여요. 내지 여자가 참 좋지 뭐. 인물이 개개 일자로 이쁘겠다, 얌전하겠다, 상냥하겠다, 지식이 있어도 건방지지 않겠다, 좀이나 좋아!

그리고 내지 여자한테 장가만 드는 게 아니라 성명도 내지인 성명으로 갈고 집도 내지인 집에서 살고 옷도 내지 옷을 입고 밥도 내지식으로 먹고 아이들도 내지인 이름을 지어서 내지인 학교에 보내고……. 내지인 학교라야지 죄선 학교는 너절해서 아이들 버려 놓기나 꼭 알맞지요. 그리고 나도 죄선말은 싹 걷어치우고 국어만 쓰고요. 이렇게 다 생활 법식부터도 내지인처럼 해야만 돈도 내지인처럼 잘 모으게 되거든요.

(중략)

"사람이란 것은 누구를 물론허구 말이다, 아첨하는 것같이 더러운 게 없느니라."

"아첨이요?"

"저 위로는 제왕, 밑으로는 걸인, 그 모든 사람이 위선 시방 이 제도의 이 세상에서 말이다, 제가끔 제 분수대루 살아가는 데 있어서 말이다, 제 개성을 속여 가면서꺼정 생활에다가 아첨하는 것같이 더러운 것이 없고, 그런 사람같이 가련한 사람은 없느니라. 사람이란 건 밥 두 그릇이 하필 밥 한 그릇보다 더 배가 부른 건 아니니까."

"그건 무슨 뜻인데요?"

"네가 일본인 여자와 결혼을 해서 성명까지 갈고 모든 생활 법도를 일본화하겠다는 것이 말이다."

"네, 그게 좋잖어요?"

"그것이 말이다, 진실로 깊은 교양이나 어진 지혜의 판단에서 우러나온 것이라면 그도 모를 노릇이겠지. 그렇지만 나는 보매, 네가 그런다는 것은 다른 뜻으로 그러는 것 같다."

"다른 뜻이라니요?"

"네 주인의 비위를 맞추고, 이웃의 비위를 맞추고 하자고……."

"그야 물론이지요! 다이쇼의 신용을 받어야 하고, 이웃 내지인들하구도 좋게 지내야지요. 그래야 할 게아니겠어요?"

"……."

"아저씨는 아직두 세상 물정을 모르시오. 나이는 나보담 많구 대학교 공부까지 했어도 일찌감치 고생살이를 한 나만큼 세상 물정은 모릅니다. 시방이 어느 세상인데 그러시우?"

— 채만식, 「치숙」

**6. 윗글을 바탕으로 &lt;보기&gt;의 빈칸을 채우시오.**

**&lt;보기&gt;**

「치숙」의 작가는 아저씨를 조롱하고 폄하하는 '나'를 서술자로 설정하고 있다. 이러한 조롱은 작가의 진심이 아니며 오히려 '나'에 대한 비판적 태도를 견지하게 이끄는 효과를 내고 있다. 이러한 풍자는 「치숙」이 뜻하고자 하는 것과는 반대 표현을 하는 ( )를 작품의 구조에 반영하고 있음을 보여준다.

**7. 각 다른 색의 볼펜 a, b, c, d, e를 세 개의 필통 A, B, C에 넣는 방법의 수를 구하시오.**

8. A, B, C 학생을 포함한 8명의 학생 중 4명의 반대항 체육대회 선수를 선발할 때, A는 선발되지 않고, B와 C는 모두 선발될 확률을 구하시오.

9. A, B, C, D, E라는 5개의 사탕 종류에서 3개를 구입할 때, B는 구입하고, C는 구입하지 않을 확률을 구하시오.

10. 곡선 $y = 2x^3 + ax + b$ 위의 점 $(1,\ 1)$에서의 접선과 수직인 직선의 기울기가 $-\dfrac{1}{2}$이다. 상수 $a$, $b$에 대하여 $a^2 + b^2$의 값을 구하시오.

**11.** 함수 $f(x) = x^3 - 9x^2 + 24x + a$의 극댓값이 $10$일 때, 상수 $a$의 값을 구하시오.

**12.** 등차수열 $\{a_n\}$에 대하여 $a_1 + a_{10} = 22$일 때, $\displaystyle\sum_{k=2}^{9} a_k$의 값을 구하시오.

**13.** $a_1 = 1, a_n + a_{n+1} = (-1)^n \,(n = 1,\ 2,\ 3, \cdots)$인 수열 $\{a_n\}$에 대하여 $a_{10} + a_{15} + a_{20}$의 값을 구하시오.

**14.** 수열 $\{a_n\}$이 $a_1=2$, $a_{n+1}-3=a_n$ $(n=1,\ 2,\ 3,\ \cdots\ )$으로 정의될 때, $\displaystyle\sum_{k=1}^{10} a_k$의 값을 구하시오.

**15.** $\{a_n\}$, $\{b_n\}$이 $\{a_n\}=1,\ 2,\ 3,\ 4,\ \cdots$, $\{b_n\}=1,\ 2,\ 2^2,\ 2^3,\ \cdots$ 일 때, 수열 $\{c_n\}$의 일반항 $c_n=a_n b_n$ 이다. 정수 $m$, $n$에 대해 $c_1+c_2+c_3+\cdots+c_{17}=m^n+1$ 일 때, $m+n$의 값을 구하여라. (단, $m<8$)

# 4회 가천대 논술 모의고사 정답

| 문항 | 정답 |
|------|------|
| 1 | ㉠ 휴리스틱 ㉡ 시냅스 구조 |
| 2 | ㉠ 배경지식 ㉡ 독려 |
| 3 | ㉠ 감동(느낀점) ㉡ 호기심(흥미) |
| 4 | ㉠ 교체 ㉡ 축약 |
| 5 | ㉠ 까치밥 ㉡ 짚신 몇 죽 |
| 6 | 구조적 아이러니 |
| 7 | 243 |
| 8 | $\frac{10}{70} = \frac{1}{7}$ |
| 9 | $\frac{3}{10}$ |
| 10 | 25 |
| 11 | -10 |
| 12 | 88 |
| 13 | -15 |
| 14 | 155 |
| 15 | 23 |

【 정답 풀이 】

1. 시스템 1은 직관적으로 문제에 대응하는 빠른 사고이다. 이는 휴리스틱이라는 임기응변적 전략을 동원하여 효과적으로 대응하기도 하며 숙달을 통해 시스템 2가 담당하던 일을 시스템 1이 담당하는 것이 가능해지는 것은 반복되는 뇌 사용을 통해 뇌세포 간에 시냅스 연결이 강화되면서 새로운 시냅스 구조가 생성되기 때문이다.

2. 민수는 '마살라'라는 말을 들어 봤어?라는 질문으로 강유의 배경지식을 확인하고, 강유는 민수의 말에 "재미있네, 그래서? 더 얘기해 봐."라며 민수가 말을 이어나갈 수 있도록 독려하고 있다.

3. 1문단에서 모네의 그림에서 받은 감동(느낀점)을 드러내며 이를 통해 다음에 올 내용에 대한 독자의 호기심(흥미)를 불러일으키고 있다.

4. 숱한→[숟한]에 적용된 음운 변동 규칙은 교체 유형 중 음절의 끝소리 규칙이다. 종성에서 발음되는 자음은 7개의 대표음이며, 이에 받침 'ㅌ'이 대표음 'ㄷ'으로 교체된다. 다음 숱한→[수탄]에 적용된 음운 변동 규칙은 자음 축약에 ㅎ당한다. 안울림소리 예사소리가 인접한 'ㅎ'과 축약하여 거센소리화되는 규칙이다. 이에 'ㄷ'과 'ㅎ'이 축약되어 거센소리 'ㅌ'

으로 발음된다.

5. 까치밥과 짚신 몇 죽은 삶의 허전함을 채워주는 따뜻한 인정을 함축한 소재이다.

6. 구조적 아이러니는 아이러니의 속성인 이중적 의미가 지속적으로 작품의 구조에 반영되는 것을 말한다.

7. 각 볼펜이 들어갈 필통을 $A, B, C$ 중에서 선택 가능하고 볼펜끼리 선택한 필통은 중복이 가능하다. $\therefore {}_3\Pi_5 = 3^5 = 243$가지

8. 8명의 학생 중 4명을 선발하는 방법의 수는 ${}_8C_4 = 70$, A는 선출되지 않고 B와 C는 선출하는 방법의 수는 ${}_5C_2 = 10$ 따라서 구하는 확률은 $\frac{10}{70} = \frac{1}{7}$

9. A, B, C, D, E 중에서 구입할 3개를 택하는 방법의 수는 ${}_5C_3 = 10$

B는 구입하고, C는 구입하지 않는 방법의 수는 3개의 사탕 A, D, E 중에서 구입할 2개를 택하는 방법의 수와 같으므로 ${}_3C_2 = 3$

따라서 구하는 확률은 $\frac{3}{10}$

10. 곡선이 $(1, 1)$을 지나므로 $a + b = -1$

$f'(x) = 6x^2 + a$이고 $f'(1) = 2$ 이므로 $6 + a = 2$

$a = -4$, $b = 3$ 따라서 $a^2 + b^2 = 25$

11. 극댓값을 구하기 위하여 주어진 식을 미분하여 정리해보면

$f'(x) = 3x^2 - 18x + 24 = 3(x-2)(x-4)$이다.

이를 증감표를 이용하여 극댓값을 구해보면

| $x$ | | 2 | | 4 | |
|---|---|---|---|---|---|
| $f'(x)$ | + | 0 | – | 0 | + |
| $f(x)$ | 증가 | | 감소 | | 증가 |
| | | 극대 | | 극소 | |

$x = 2$일 때 극댓값이다.

따라서 $f(2) = 8 - 36 + 48 + a = 10$이다.

$a = -10$

12. 등차수열 $\{a_n\}$의 첫째항을 $a$, 공차를 $d$라 하면

$a_1 + a_{10} = a + (a + 9d)$

$= 2a + 9d = 22$ 이므로

$\sum_{k=2}^{9} a_k = a_2 + a_3 + \cdots + a_9$

$= \frac{8(a_2 + a_9)}{2}$

$$= \frac{8(a+d+a+8d)}{2}$$

$$= 4(2a+9d)$$

$$= 4 \times 22 = 88$$

**13.** $a_1 = 1$

$a_1 + a_2 = -1$ **에서** $a_2 = -2$

$a_2 + a_3 = 1$ **에서** $a_3 = 3$

$a_3 + a_4 = -1$ **에서** $a_4 = -2$

$$\vdots$$

$a_n = (-1)^{n+1} \cdot n \, (n = 1, 2, 3, \cdots)$**이므로** $a_{10} + a_{15} + a_{20} = -10 + 15 - 20 = -15$

**14.** $a_{n+1} - 3 = a_n$ **에서** $a_{n+1} = a_n + 3$**이므로 수열**$\{a_n\}$**은** $a_1 = 2, \ a_2 = 5, \ a_3 = 8, \ \cdots$**으로 첫째항이** 2, **공차가** 3**인 등차수열이다.**

$$\therefore a_n = 2 + 3(n-1) = 3n - 1$$

$$\therefore \sum_{k=1}^{10} (3k - 1) = 3 \cdot \frac{10 \cdot 11}{2} - 10$$

$$= 155$$

**15.** $a_n = n$, $b_n = 2^{n-1}$ **에서** $c_n = n \cdot 2^{n-1}$

$c_1 + c_2 + \cdots + c_{17} = S$ **라 하면**

$$S = \quad 1 + 2 \cdot 2 + 3 \cdot 2^2 + \cdots + 17 \cdot 2^{16}$$

$$-) \quad 2S = \qquad\qquad 2 + 2 \cdot 2^2 + \cdots + 16 \cdot 2^{16} + 17 \cdot 2^{17}$$

$$-S = 1 + 2 + 2^2 + \cdots + 2^{16} - 17 \cdot 2^{17}$$

$$= \frac{2^{17} - 1}{2 - 1} - 17 \cdot 2^{17}$$

$$= 2^{17} - 1 - 17 \cdot 2^{17}$$

$$= -16 \cdot 2^{17} - 1$$

$$\therefore S = 16 \cdot 2^{17} + 1 = 2^{21} + 1$$

**따라서** $m = 2$, $n = 21$ **이므로**

$m + n = 23$

2022학년도 대입 논술 전형

# 약술형 논술고사

성명 :

수험번호 :

지원학과 :

소속 고등학교 :

## 【답안 작성 시 유의사항】

· 시험 시간은 80분입니다.

· 휴대폰, 전자계산기 등의 전자기기는 소지할 수 없습니다.

· 성명, 수험번호, 지원학과, 소속 고등학교명을 반드시 기입하십시오.

· 답안 작성은 답안지에 연필 또는 검은색 펜으로 명확하게 작성하십시오.

· 시험이 종료될 때까지 퇴실할 수 없습니다.

# 가천대 논술 모의고사 5회 [자연계열]

**※ 다음 글을 읽고 물음에 답하시오.**

자유와 평등의 정신을 바탕으로 일어난 프랑스 혁명은 현대 민주주의의 근간이 된 중요한 사건이었다. 프랑스 혁명은 정치뿐만 아니라 사회의 여러 방면에도 영향을 끼쳤다. 프랑스는 기존의 질서를 개선하기 위한 목적의 다양한 프로젝트를 수행하였는데 가장 규모가 크고 향후 지대한 영향을 미친 것은 '미터법'의 제정이었다.

미터법은 길이나 너비는 미터, 부피는 리터, 무게는 킬로그램을 기본 단위로 하는 십진법을 사용한 도량형 체계이다. 혁명 이전 프랑스 전역에는 수십 개가 넘는 단위가 사용되고 있었다. 이러한 상황에서 정부는 효율적인 세금 징수가 어려웠고, 시민들 또한 계속 바뀌는 단위 때문에 어려움을 겪을 수밖에 없었다. 따라서 혁명 정부는 시민의 입장에서 정치를 한다는 명분을 토대로 도량형을 통일하고자 하였다.

혁명 정부의 과학자들은 도량형 통일을 위한 미터법 준비 위원회를 결성하였다. 위원회는 가장 먼저 10진법을 기본으로 도량형을 통일하기로 하였다. 약수가 많은 12진법을 사용하자는 의견도 있었지만 사람들이 새로운 도량형에 쉽게 접근할 수 있도록 가장 편리하고 합리적이라고 여겨졌던 10진법을 사용하였다. 다음으로 논의된 것은 무엇을 기준으로 하여 단위를 정할 것인가 하는 문제였다. 도량형이 통일되지 않아 겪었던 문제들을 생각한다면 정치적으로 누구나 수긍할 만한 객관적인 기준이 필요하였다. 또한 과학적으로도 항상 일정하고 변동의 가능성이 없어야 했다. 처음에는 위도 45도에서 진자가 1초 동안 움직인 길이를 1미터로 하자는 의견이 제시되었다. 하지만 진자의 움직임은 지구 중력에 영향을 받을 수 있고, 시간의 단위인 초를 먼저 정의해야 한다는 문제가 있어서 적절하지 않다는 반론이 제기되었다. 고심 끝에 과학자들이 정한 단위의 기준은 바로 우리가 살고 있는 지구였다.

1790년, 탈레랑은 지구 둘레의 4,000만 분의 1을 1미터로 정하자고 제안하였다. 북극에서 시작하여 파리를 지나 적도를 통과하고 남극을 지나는 큰 원을 그리고, 이를 4,000만으로 나누어서 1미터를 정한 것이다. 지구의 둘레는 절대 변하지 않는다는 당시 사람들의 인식은 탈레랑의 제안을 과학적으로 뒷받침하였다. 또한 세상 사람들에게 공평한 척도를 제공하는 기준을 모든 사람의 삶의 터전인 지구의 크기에서 구한다는 발상은 평등이라는 혁명 정신에도 부합하였기 때문에 이러한 탈레랑의 제안이 받아들여졌다. 프랑스의 천문학자들은 파리를 지나는 지구 자오선의 길이를 측정하였고, 지구 둘레의 4분의 1인 북극에서 파리를 지나 적도까지 이르는 선을 1,000만으로 나눈 거리를 1미터로 정하였다. 이렇게 만들어진 1미터라는 단위는 프랑스 국가 표준으로 공포되었고, 19세기 초에는 나폴레옹에 의해 유럽의 전 지역으로 퍼져 나갔다.

**1. 윗글을 바탕으로 <보기>의 빈칸을 채우시오.**

<보기>

프랑스의 과학자들은 자유와 평등의 가치를 실현하고, 도량형을 통일하기 위해 (          )을 활용하였다.

**※ 다음 글을 읽고 물음에 답하시오.**

안녕하세요? 저는 대학에서 20년 동안 뇌를 연구하고 있는 뇌 과학자입니다. 여러분 중에 불면증에 시달리는 분들이 계시나요? (청중의 반응을 보며) 예, 예상대로 불면증으로 고생하시는 분들이 많으시네요. 그러면 잠이 오지 않을 때 어떻게 하시나요? (청중의 대답을 들으며) 눈을 감고 양을 센다는 분들이 많으신데, 정말 이것이 불면증에 효과가 있을까요? 그래서 이 시간에는 불면증 치료에 대해 말씀드리고자 합니다.

불면증 치료에 대해 말씀드리기 전에 먼저 뇌파에 대해 알아보겠습니다. (천천히 청중을 하나하나 바라보며) 뇌파란 대뇌 피질의 신경 세포들이 서로 신호를 전달하면서 생겨난 동조화된 전기적 파동입니다.

뇌파는 다양한 주파수 대역으로 나타나는데, 이러한 주파수 대역은 뇌의 상태를 보여 줍니다. 뇌파는 주파수 대역에 따라 델타파, 세타파, 알파파, 베타파, 감마파 등으로 구분되고, (손짓으로 주파수 대역대를 표시하며) 델타파에서 감마파로 갈수록 주파수 대역대가 높아집니다. 이 중에서 수면과 관계된 것은 델타파와 세타파이고, 나머지 뇌파는 각성 상태에서 나타납니다.

수면을 유도하는 방법으로 '뉴로피드백'이 있는데, 뉴로피드백은 이 뇌파를 이용합니다. 불면증 환자의 뇌파를 연구해 보면 빠른 뇌파인 베타파의 비율이 높고 수면 중에 나타나는 느린 뇌파인 세타파의 비율은 낮습니다. 이런 뇌파의 영향으로 불면증 환자는 자려고 해도 머릿속에 여러 가지 생각이 떠올라서 쉽게 잠들지 못하는 것입니다. 뉴로피드백은 불면증 환자에게 자신의 뇌파를 관찰하게 해서 베타파의 비율은 낮추고 세타파의 비율은 높여 잠들 수 있는 요령을 가르쳐 주는 일종의 뇌파 훈련입니다. 예를 들면 불면증 환자의 두피에 전극을 부착하여 전기적인 정보를 측정해서 화면으로 보여 줍니다. 그러면 불면증 환자는 화면을 보면서 자신의 정신 상태를 변화시켜 뇌파가 변화되도록 시도합니다. 이때 화면상으로 자극을 주거나 소리가 나게 하는 방식으로 불면증 환자는 긍정적 강화를 받게 되어 자기 스스로 뇌파를 조절할 수 있게 되는 것입니다.

흔히들 잠이 오지 않으면 양을 세라고 하는데 이도 뇌파 훈련과 관련이 있습니다. 그래서 불면증을 치료하는 방법 중 하나로 어떤 이미지를 반복적으로 떠올리도록 하고 있습니다. 특정 이미지를 반복적으로 떠올리면 수면을 방해하는 베타파는 줄어드는 대신 수면을 유도하는 세타파의 비율은 늘어납니다.

또 이미지에 집중하는 것은 꼬리에 꼬리를 물고 나타나 잠을 방해하는 괴로운 생각에서 벗어나도록 하는 '전환 효과'도 있습니다.

그런데 조심해야 할 것이 있습니다. 양의 이미지를 떠올리며 몇 마리인지 세는 것은 수면 유도에 효과가 없습니다. 머릿속으로 양의 수를 계산하다 보면 오히려 뇌를 인위적으로 각성시켜 수면을 방해하기 때문입니다. 그래서 양의 수를 세는 것보다는 파도가 바닷가로 끊임없이 밀려오는 장면이나, 물방울이 호수에 떨어져 동심원이 그려지는 장면을 떠올리는 것이 불면증 치료에 효과적입니다. 여러분 중에 불면증에 시달리는 분들은 이 방법을 한번 사용해 보는 것도 좋을 듯합니다.

**2. 윗글을 바탕으로 <보기>의 ㉠, ㉡에 알맞은 말을 쓰시오.**

<보기>

위 강연은 도입부에 ( ㉠ )을 통해 청중의 관심을 유도하고 있다 또한 사례를 제시하여 청중이 ( ㉡ )을 쉽게 이해할 수 있도록 도움을 주고 있다.

※ **다음 글을 읽고 물음에 답하시오.**

저의 장점은 새로운 일을 시작할 때 강한 도전 정신과 추진력을 지니고 있다는 것입니다. 이런 저의 장점은 또래 친구들이 어떤 일을 해 보고 싶다는 마음은 있지만, 막상 그 일에 경험이 없어 주저하고 있을 때 큰 역할을 합니다. 학생회 임원으로 활동했던 2학년 때, 학생회 회의에서 축제 기간에 인근 주민과 함께하는 프로그램을 진행하자는 의견이 나왔습니다. 많은 임원이 그 취지에는 공감했습니다. 따라서 지금까지 해보지 않은 프로그램이라 진행하기 어려울 것 같다는 부정적 의견이 지배적이었습니다. 그때 저는 취지가 좋다면 한번 추진해 보자고 임원들을 설득했고, 제가 그 일을 맡기로 했습니다.

먼저 비슷한 프로그램을 진행하고 있는 학교를 조사했고, 그 학교에 직접 찾아가 담당자를 만나 프로그램 진행에 관한 자세한 정보를 얻었습니다. 이를 바탕으로 주민과 학생이 함께 전통 놀이와 전통 음식을 만드는 것으로 프로그램 내용을 정했습니다. 또 주민 참여를 유도하기 위해 인근 행정 복지 센터에도 찾아가 동장님께 협조를 부탁드렸습니다. 결과적으로 그 프로그램은 성공적으로 끝났습니다. 축제 때 많은 주민이 오셔서 우리 학생들과 어울려 프로그램을 신명 나게 즐기셨습니다. 축제 후, 교장 선생님과 동장님으로부터 이번 축제는 학교 축제를 넘어 지역 축제가 되었다는 칭찬의 말씀을 들었습니다.

그러나 이런 저의 장점이 때때로 단점이 되기도 합니다. 무모하게 도전하고, 무리하게 일을 추진하다 보니 예상치 못한 사건이 터지기도 하는 것입니다. 저희 조에서는 '빅데이터 분석가'를 소개하기로 결정하고 역할을 나누어 그에 대한 자료를 조사하기로 했습니다. 1학년 사회 시간에 조별로 10분간 미래의 유망 직업을 소개하는 수행 평가가 있었습니다. 저는 빅데이터 분석가를 직접 만나 인터뷰를 해 오겠다고 큰소리를 쳤습니다. 다른 조원들은 발표가 일주일밖에 남지 않았으므로 인터뷰하기가 쉽지 않을 것이라고 했지만, 저는 꼭 인터뷰를 해 올 테니까 인터뷰 영상을 보여 줄 3분의 시간을 할애해 달라고 했습니다. 그런데 인터뷰 대상은 정했지만 끝내 그분을 만나지 못해 하지 못했고, 저희 조는 7분 만에 발표를 끝내고 말았습니다. 결국 발표를 완성도 있게 준비하지 못한 저희 조는 저희 반에서 최하점을 받고 말았습니다.

그 사건을 통해 일의 추진을 결정할 때에는 먼저 합리적으로 생각하고 체계적으로 분석해야 한다는 점을 깨달았습니다. 그리고 지금까지 저는 '나의 능력을 고려해서 일의 추진을 결정하자.'라는 원칙을 세워 실천해 오고 있습니다. 그 결과 저의 단점을 상당 부분 극복할 수 있었습니다.

**3. 윗글 <보기>의 ㉠, ㉡에 들어갈 말을 쓰시오.**

<보기>

윗글의 작성자는 자신의 강한 도전 정신과 추진력을 드러낼 수 있었던 사례를 제시하고 있다. 특히 자신의 ( ㉠ )과 ( ㉡ )에 관한 사례를 중심으로 내용을 전개하면서 그에 해당하는 내용을 대조하여 제시했다.

**※ 다음 <보기>를 읽고 물음에 답하시오.**

<보기>

ㅎ'이 끝소리인 어간이 모음으로 시작하는 어미나 접미사와 결합하면 'ㅎ'이 탈락한다. '낳으세요'를 [나으세요]로 발음하는 것이 그렇다. '쌓이다'는 ( ㉠ )로, '좋아요'는 ( ㉡ )라고 발음하는 것도 그러한 이유에서이다.

**4. 다음 <보기>의 ㉠, ㉡에 들어갈 말을 쓰시오.**

**※ 다음 글을 읽고 물음에 답하시오.**

> 풀이면 다 뿌리가 있는데
> 부평초만은 매달린 꼭지가 없이
> 물 위에 둥둥 떠다니며
> 언제나 바람에 끌려다닌다네
> 목숨은 비록 붙어 있지만
> 더부살이 신세처럼 가냘프기만 해
> 연잎은 너무 괄시를 하고
> 행채도 이리저리 가리기만 해
> 똑같이 한 못 안에 살면서
> 어쩌면 그리 서로 어그러지기만 할까
>
> — 정약용, 「고시(古詩) 7」

**5. 윗글을 바탕으로 <보기>의 빈칸을 채우시오.**

————————————— <보기> —————————————

「고시(古詩) 7」에서는 지배층에게 괴롭힘을 받으며 고달프게 사는 백성을 의미하는 시어로 ( ㉠ )이/가 사용되었으며, 백성을 억압하고 수탈하는 지배계층을 의미하는 시어로 ( ㉡ )와/과 ( ㉢ )를 활용하고 있다.

## ※ 다음 글을 읽고 물음에 답하시오.

도사가 나장을 거느리고 금호문 밖에 나와 크게 소리쳤다.

"집필한 박태보는 어디 있느냐?"

공이 여러 사람 가운데에서 일어나 말하기를, "내가 여기 있노라."하고 스스로 큰칼을 가져다 쓰고, 망건과 담뱃대를 종에게 주면서, "이것을 가져다 모친께 드려라."하고 띠와 부채를 소매에 넣는데, 그 몸놀림은 편안하고 얼굴빛이 변하지 않으며 걸음걸이도 조용했다.

이인엽, 조대수, 김몽신 세 사람이 손을 잡고 말했다.

"이 무슨 때인가. 자네 어찌 혼자 담당할까. 우리도 당당히 같이 들어갈 것이라."

박태보 공이 말하기를, "자네들이 함께 들어갈 의가 무엇인가. 짓고 쓰기는 다 내가 한 것이라."하니, 세 사람이 한꺼번에 말하기를,

"원정을 장차 어떻게 하려고 하는가? 제발 서로 의논하세."하였으나, 박태보 공이 말했다.

"내 원정은 내가 할 것인데 어찌 의논하리오. 차라리 혼자 죽을지언정 어찌 다른 사람과 함께하리오. 내 마음은 이미 정하였으니 자네들은 염려 마시게."

이돈이 소매를 잡고 말했다.

"태보야, 어찌 이리 경솔한가?"

박태보 공이 소매를 떨치고 일어나 웃으며 말하기를, "남자가 이때를 당하여 어찌 죽기를 두려워하리오. 우습다. 영감의 말이여! 내가 마음을 한번 정하였으니 어찌 죽기를 무서워하리오."하고는 드디어 들어가니, 국문장 바깥에 있던 오두인 공과 이세화 공이 박태보 공의 오는 거동을 보고 말했다.

"슬프다! 우리는 벼슬이 높고 늙어서 죽게 되었으니 한번 죽어서 나라에 은혜를 갚음이 후회될 것 없지만, 자네는 젊고 명망이 있으며 집에 두 노친이 계시니 헛되이 죽는 의리가 우리와는 다르다. 그러니 자네, 이제 원정을 잘하여 다 우리에게 미루고 살 도리를 생각하시게. 그리하지 않으면 면치 못할 것이니, 원정을 같이 의논함이 어떠한가?"

박태보 공이 이렇게 대답했다.

"영감께서는 그런 말씀 마옵소서. 제 원정을 어찌 영감의 말씀대로 하겠습니까. 사람이 되어 이 자리에 이르러 죽을 따름이지 어찌 기교를 짜겠습니까. 제 마음은 이미 정하였으니 어찌 변하겠습니까."

박태보 공의 말씀과 기운이 더욱 강개하고 정신은 더욱 강렬하니, 누군들 슬퍼하지 않으며 이상히 여기지 않겠는가.

– 작자 미상, 「박태보전(朴泰輔傳)」

**6. 윗글을 바탕으로 <보기>의 빈칸을 채우시오.**

<보기>

「박태보전(朴泰輔傳)」은 임금에게 충간을 아끼지 않던 박태보의 지조와 그의 삶을 조망하고 있는 작품이다. 여기서는 서술자가 직접 작품 속에 개입하여 주관적인 의견을 더하고 논하는 (          )이 선명하게 나타난다.

**7.** A지점에서 출발하여 B지점까지 최단 거리로 갈 때, P지점을 지날 확률이 $\dfrac{q}{p}$ 이다. 이때, $p+q$ 의 값은? (단, $p$, $q$ 는 서로 소인 자연수이다.)

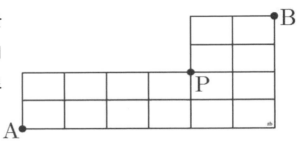

8. 원 위에 놓인 8개의 점에서 4개 점을 택해 사각형을 만들고자 한다.
만든 사각형이 직사각형일 확률을 구하시오.

9. 수열 $\{a_n\}$은 첫째항이 양수이고, 공비가 1보다 큰 등비수열이다. $a_3 a_5 = a_1$일 때,

$\displaystyle\sum_{k=1}^{n} \dfrac{1}{a_k} = \sum_{k=1}^{n} a_k$를 만족시키는 자연수 $n$의 값을 구하시오.

10. 모든 항이 양수인 등비수열 $\{a_n\}$에 대하여 $a_1 a_3 = \dfrac{1}{36}$, $a_5 = \dfrac{4}{81}$일 때, $a_4$의 값을 구하시오.

**11.** 자연수 $n$에 대하여 직선 $y = ax$가 원 $(x-4)^2 + y^2 = \dfrac{4}{n^2}$에 접하도록 하는 실수 $a$를 $f(n)$으로 나타낼 때, $\displaystyle\sum_{n=1}^{10} \{f(n)\}^2$의 값을 구하시오.

**12.** 발레리나 소현이는 학생 발레 대회 출전을 위해 일주일에 두 번씩 10주간의 레슨을 시작하였다. 첫째 주의 두 번은 각각 10분씩 레슨을 받았고, 둘째 주의 두 번은 각각 12분씩 레슨을 받았다. 이처럼 매주 2분씩 늘려서 레슨을 받는다면 10주 동안 받게 되는 총 레슨 시간은 얼마인가.

**13.** 좌표평면에서 직선 $y=1$ 위에 **10개의 점** $P_k(2k, 1)(k=1, 2, 3, \cdots, 10)$ **이 있다.** $x$ **축 위를 움직이는 점** $Q$ **에 대하여** $\sum_{k=1}^{10} \overline{P_kQ}^2$ **의 값이 최소일 때, 점** $Q$ **의** $x$ **좌표를 구하시오.**

**14.** 등차수열 $\{a_n\}$ **에 대하여** $\sum_{k=2}^{6} a_k - \sum_{k=1}^{5} a_k = 40$ **일 때, 수열** $\{a_k\}$ **의 공차를 구하여라.**

**15.** 다항함수 $f(x)$가 다음 조건을 만족시킨다. $f(0)=1$일 때, $f(4)$의 값을 구하시오.

> **(가)** 모든 실수 $x$에 대하여 $\int_1^x f(t)\,dt = \dfrac{x-1}{2}\{f(x)+f(1)\}$이다.
>
> **(나)** $\int_0^2 f(x)\,dx = 5\int_{-1}^1 xf(x)\,dx$

# 5회 가천대 논술 모의고사 정답

| 문항 | 정답 |
|------|------|
| 1 | 도량형 |
| 2 | ㉠ 질문 ㉡ 뉴로피드백 |
| 3 | ㉠ 장점 ㉡ 단점 |
| 4 | ㉠ 싸이다 ㉡ 조아요 |
| 5 | ㉠ 부평초 ㉡ 연잎 ㉢ 행채 |
| 6 | 편집자적 논평 |
| 7 | 41 |
| 8 | $\frac{3}{35}$ |
| 9 | 13 |
| 10 | $\frac{2}{27}$ |
| 11 | $\frac{10}{21}$ |
| 12 | 380분 |
| 13 | 11 |
| 14 | 8 |
| 15 | 7 |

【 정답 풀이 】

1. 혁명 정부는 시민의 입장에서 정치를 한다는 명분을 토대로 도량형을 통일하고자 하였다. 특히 혁명 정부의 과학자들은 도량형 통일을 위한 미터법 준비 위원회를 결성하였다.

2. 질문을 통해 청중의 반응을 살피며 강연을 시작하고 있다. 그리고 불면증 환자의 실험을 예로 들어 뉴로피드백을 설명하고 있다.

3. 학생은 자신의 특성을 드러내기 위해 자신의 장점과 단점을 중심으로 내용을 전개하고, 그에 해당하는 내용을 대조하여 제시하고 있다.

4. 쌓-(어근)+ -이-(접미사)+ -다(어미) → 싸이다 : 'ㅎ'이 끝소리인 어간이 모음으로 시작하는 어미와 결합하여 'ㅎ'이 탈락하는 예이다. 좋-(어간) + -아요(어미) → 조아요 : 'ㅎ'이 끝소리인 어간(좋-)에 모음으로 시작하는 어미(-아요)가 결합한 것으로, 어간 받침의 'ㅎ'이 탈락하여 조아요로 발음된다.

5. 작품에서는 조선 후기 백성들의 삶이 지닌 고통을 뿌리가 없는 부평초에 비유하고, 부평초를 괴롭히는 존재로 연잎과 행채를 제시하고 있다.

6. '누군들 슬퍼하지 않으며 이상히 여기지 않겠는가'에서 편집자적 논평이 나타나 있다.

**7.** A→P→B**로 가는 경우의 수는** $\dfrac{6!}{4!2!} \times \dfrac{4!}{2!2!} = 15 \times 6 = 90$

A→Q→B**로 가는 경우의 수는** $\dfrac{6!}{5!} \times \dfrac{4!}{3!} = 6 \times 4 = 24$

A→R→B**로 가는 경우의 수는** $1$

**따라서 구하는 확률은** $\dfrac{90}{90+24+1} = \dfrac{90}{115} = \dfrac{18}{23}$ **이므로** $p=23$, $q=18$ $\therefore$ $p+q=41$

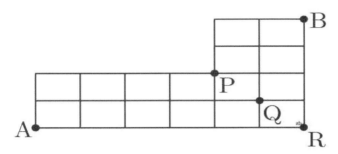

**8. 만들 수 있는 사각형의 개수는** $_8C_4 = 70$

**만든 사각형이 직사각형인 경우의 수는 서로 다른 원의 지름 2개가 사각형의 두 대각선인 경우이다.**

**즉, 직사각형의 개수는 원의 지름 4개 중에서 2개를 택하는 경우의 수와 같으므로** $_4C_2 = 6$

**따라서 구하는 확률은** $\dfrac{6}{70} = \dfrac{3}{35}$

**9. 첫째항을** $a$**, 공비를** $r$ **라 하면** $a_3 a_5 = a_1$ **에서** $(ar^2) \times (ar^4) = a$ **이므로** $a = \dfrac{1}{r^6}$ **이다.**

$$\sum_{k=1}^{n} \dfrac{1}{a_k} = \dfrac{\dfrac{1}{a}\left(1 - \dfrac{1}{r^n}\right)}{1 - \dfrac{1}{r}} = \dfrac{r(r^n - 1)}{ar^n(r-1)}, \quad \sum_{k=1}^{n} a_k = \dfrac{a(r^n-1)}{r-1} \text{ 이므로 } \dfrac{r(r^n-1)}{ar^n(r-1)} = \dfrac{a(r^n-1)}{r-1} \text{ 에서}$$

$r^{n-1} = \dfrac{1}{a^2}$ **이다.** $r^{n-1} = r^{12}$ **이므로** $n = 13$

**10. 등비수열** $\{a_n\}$**의 첫째항을** $a$**, 공비를** $r$ **라 하면** $a_1 a_3 = \dfrac{1}{36}$ **에서** $a^2 r^2 = \dfrac{1}{6^2}$ **이므로**

$ar = \dfrac{1}{6}$ $(\because ar > 0)$ ……㉠

$a_5 = \dfrac{4}{81}$ **에서** $ar^4 = \dfrac{4}{81}$ ……㉡

㉠**,** ㉡**에서** $r = \dfrac{2}{3}$**,** $a = \dfrac{1}{4}$ **따라서** $a_4 = ar^3 = \dfrac{2}{27}$

**11. 원의 중심** $(4, 0)$ **에서 직선** $ax - y = 0$ **에 이르는 거리는 원의 반지름의 길이와 같으**

**므로** $\dfrac{|4a|}{\sqrt{a^2+1}} = \dfrac{2}{n}$ **에서** $4n^2 a^2 = a^2 + 1$

$$\therefore \ a^2 = \{ f(n) \}^2 = \frac{1}{4n^2-1}$$

$$= \frac{1}{(2n-1)(2n+1)}$$

$$= \frac{1}{2}\left( \frac{1}{2n-1} - \frac{1}{2n+1} \right)$$

$$\therefore \ \sum_{n=1}^{10} \{ f(n) \}^2 = \sum_{n=1}^{10} \frac{1}{2}\left( \frac{1}{2n-1} - \frac{1}{2n+1} \right)$$

$$= \frac{1}{2}\left( 1 - \frac{1}{21} \right) = \frac{10}{21}$$

**12.** $n$번째 주의 레슨 시간의 합을 $a_n$이라 하면 $a_1 = 10 + 10 = 20$**(분)**

$a_2 = 12 + 12 = 24$**(분)** $a_3 = 14 + 14 = 28$**(분)**

**즉, 수열 $\{ a_n \}$은 첫째항이 20, 공차가 4인 등차수열이다.**

**따라서 10주 동안 받게 되는 총 레슨 시간은** $\dfrac{10(2 \cdot 20 + 9 \cdot 4)}{2} = 380$**(분)**

**13. 점 Q 의 좌표를 $(x, 0)$으로 놓으면**

$$\overline{P_k Q}^2 = (x - 2k)^2 + (-1)^2$$

$$= x^2 - 4kx + 4k^2 + 1$$

$$\sum_{k=1}^{10} \overline{P_k Q}^2 = \sum_{k=1}^{10} (x^2 - 4kx + 4k^2 + 1)$$

$$= 10x^2 - 4x \sum_{k=1}^{10} k + 4 \sum_{k=1}^{10} k^2 + 10$$

$$= 10x^2 - 4x \cdot \frac{10 \cdot 11}{2} + 4 \cdot \frac{10 \cdot 11 \cdot 21}{6} + 10$$

$$= 10x^2 - 220x + 1550$$

$$= 10(x - 11)^2 + 340$$

**따라서 $\displaystyle\sum_{k=1}^{10} \overline{P_k Q}^2$ 의 값은 $x = 11$일 때 최소이므로 구하는 점 Q 의 $x$ 좌표는 11이다.**

**14.** $\displaystyle\sum_{k=2}^{6} a_k - \sum_{k=1}^{5} a_k = (a_2 + \cdots + a_6) - (a_1 + \cdots + a_5)$

$$= a_6 - a_1 = 40$$

**이때, 수열 $\{ a_n \}$ 이 등차수열이므로** $a_6 - a_1 = 5d = 40$ $\therefore \ d = 8$

**15.** 조건 (가)에 주어진 등식의 양변을 $x$에 대하여 미분하면

$$f(x) = \frac{1}{2}f(x) + \frac{1}{2}f(1) + \frac{x-1}{2}f'(x) \text{ 즉}, f(x) = f(1) + (x-1)f'(x) \quad \cdots\cdots \bigcirc$$

$\bigcirc$의 좌편인 $f(x)$의 최고차항을 $ax^n$ $(a$는 $0$이 아닌 상수, $n$은 자연수)라 하면 $\bigcirc$의 우변의 최고차항은 $x \times anx^{n-1} = anx^n$이므로 $ax^n = anx^n$에서 $n = 1$이대 $f(0) = 1$이므로 일차함수 $f(x)$는 $f(x) = ax + 1$로 놓을 수 있다.

이때 $\displaystyle\int_0^2 f(x)dx = \int_0^2 (ax+1)dx = \left[ \frac{a}{2}x^2 + x \right]_0^2 = 2a + 2$이고,

$\displaystyle\int_{-1}^1 xf(x)dx = \int_{-1}^1 (ax^2 + x)dx \, 2\int_0^1 ax^2 dx = 2\left[ \frac{a}{3}x^3 \right]_0^1 = \frac{2a}{3}$이므로 조건 (나)에서

$2a + 2 = 5 \times \dfrac{2a}{3} \, a = \dfrac{3}{2}$

따라서 $f(x) = \dfrac{3}{2}x + 1$이므로 $f(4) = \dfrac{3}{2} \times 4 + 1 = 7$

# 일필휘지

1판 1쇄 발행  2021년 6월 22일
1판 2쇄 발행 2021년 10월 7일

지은이      대입논술연구소

디자인      김미선

발행인      문현광
발행처      하움출판사

ISBN      979-11-6440-791-0 (53800)